大家写给大家的
文学课

汪曾祺
沈从文
冯骥才
等著

图书在版编目（CIP）数据

大家写给大家的文学课/汪曾祺等著. —— 重庆：重庆出版社，2022.12
ISBN 978-7-229-17077-6

Ⅰ.①大… Ⅱ.①汪… Ⅲ.①散文集－中国－现代②散文集－中国－当代 Ⅳ.①I266

中国版本图书馆CIP数据核字(2022)第155614号

大家写给大家的文学课
DAJIA XIEGEI DAJIA DE WENXUEKE
汪曾祺　沈从文　冯骥才　等著

责任编辑：钟丽娟
责任校对：何建云
装帧设计：颜森设计

重庆出版集团
重庆出版社 出版

重庆市南岸区南滨路162号1幢　邮政编码：400061　http://www.cqph.com
重庆出版集团艺术设计有限公司制版
重庆市国丰印务有限责任公司印刷
重庆出版集团图书发行有限公司发行
E-MAIL：fxchu@cqph.com　邮购电话：023-61520646
全国新华书店经销

开本：890mm×1240mm　1/32　印张：8.375　字数：185千
2022年12月第1版　2022年12月第1次印刷
ISBN 978-7-229-17077-6
定价：48.50元

如有印装质量问题，请向本集团图书发行有限公司调换：023-61520678
版权所有　侵权必究

目录 | Contents

● 第一章

何为好的文学……1
　什么样的书才是好书 / 梁实秋……3
　我心中的文学 / 冯骥才……7
　复杂的必要 / 史铁生……15
　说　短 / 汪曾祺……19
　论百读不厌 / 朱自清……25
　论雅俗共赏 / 朱自清……35
　中国文章 / 废名……41
　散文并不"散" / 老舍……45
　介绍一本使你下泪的书 / 傅雷……53

● 第二章

大家的读书经验……57
　读　书 / 老舍……59
　利用零碎时间 / 梁实秋……65
　随便翻翻 / 鲁迅……69
　谈读书 / 朱光潜……75
　我年轻时读什么书 / 沈从文……83
　我读一本小书同时又读一本大书 / 沈从文……87
　我的苦读经验 / 丰子恺……103
　读　书 / 胡适……121

● 第三章

人生需要文学……133

　　青年与文艺 / 老舍……135

　　文学里的"幽默" / 梁实秋……141

　　文学与人生 / 朱光潜……145

　　文学的趣味 / 朱光潜……155

　　无书的日子 / 冯骥才……165

● 第四章

大家谈创作……171

　　文学者的态度 / 沈从文……173

　　去看看万汇百物 / 沈从文……183

　　我的写作与水的关系 / 沈从文……187

　　我怎么做起小说来 / 鲁迅……191

　　怎样写小说 / 老舍……197

　　认识到的和没有认识的自己 / 汪曾祺……205

　　美学感情的需要和社会效果 / 汪曾祺……211

　　我的创作生涯 / 汪曾祺……219

　　选择与安排 / 朱光潜……233

　　非虚构写作与非虚构文学 / 冯骥才……243

　　没有生活 / 史铁生……253

　　从文学欣赏到创作的三个阶段 / 龙榆生……257

第一章 何为好的文学

真正的文学和真正的恋爱一样,是在痛苦中追求幸福。

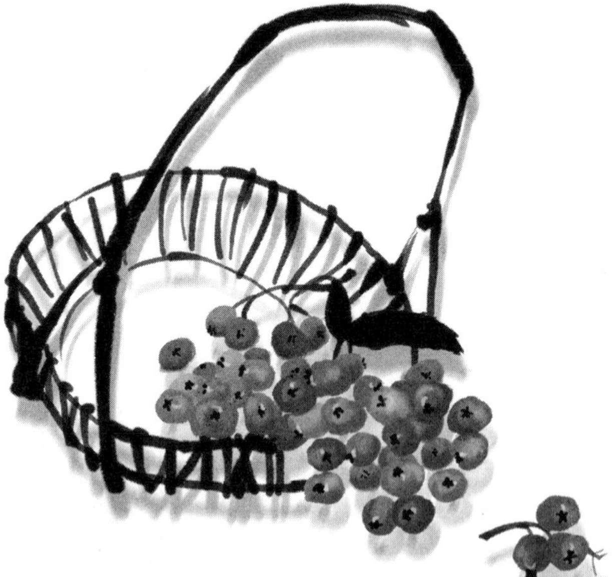

什么样的书才是好书

(文 / 梁实秋)

从前有一个朋友说,世界上的好书,他已经读尽,似乎再没有什么好书可看了。当时许多别的朋友不以为然,而较年长一些的朋友就更以为狂妄。现在想想,却也有些道理。

世界上的好书本来不多,除非爱书成癖的人(那就像抽鸦片抽上瘾一样的),真正心悦诚服地手不释卷,实在有些稀奇。还有一件最令人气短的事,就是许多最伟大的作家往往没有什么凭借,但却做了后来二三流的人的精神上的财源了。柏拉图、孔子、屈原,他们的一点一滴,都是人类的至宝,可是要问他们从谁学来的,或者读什么人的书而成就如此,恐怕就是最善于说谎的考据家也束手无策。这事有点儿怪!难道真正伟大的作家,读书不读书没有什么关系吗?读好书或读坏书也没有什么影响吗?

叔本华曾经说好读书的人就好像惯于坐车的人,久而久之,就不能在思想上迈步了。这真唤醒人的不小迷梦!小说家瓦塞曼竟又说过这样的话,认为倘若为了要鼓起创作的勇气，只有读二流的作品。因为在读二流的作品的时候，他可以觉得只要自己一动手就准强。倘读第一流的作品却往往叫人减却了下笔的胆量。这话也不能说没有部分真理。

也许世界上天生就有种人是作家，有种人是读者。这就像天生有种人是演员，有种人是观众；有种人是名厨，有种人却是所谓的老饕。演员是不是十分热心看别人的戏，名厨是不是爱尝别人的菜，我也许不能十分确切地肯定。但我见过一些作家，确乎不大爱看别人的作品。如果是同时代的人，更如果是和自己的名气不相上下的人，大概尤其不愿意瞩目。我见过一个名小说家，他的桌上空空如也，架上仅有的几本书也是他自己的新著，以及自己所编过的期刊。我也曾见过一个名诗人（新诗人），他的唯一读物是《唐诗三百首》，而且在他也尽有多余之感了。这也不一定只是由于高傲，如果分析起来，也许是比高傲还复杂的一种心理。照我想，也许是真像厨子（哪怕是名厨），天天看见油锅油勺，就腻了。除非自己逼不得已而下厨房，大概再不愿意去接触这些家伙，甚而不愿意见一些使他可以联想到这些家伙的物什。职业的辛酸，有时也是外人不晓得的。唐代的阎立本不是不愿意自己的儿子再做画师吗？以教书为生活的人，往往看见别人也在声嘶力竭地讲授，就会想到自己，于是觉得"惨不忍闻"。做文章更是一桩呕心血的事，成功失败都要有一番产痛，大概因此之故不忍读他人的作品了。

撇开这些不说，站在一个纯粹读者的角度而论，却委实有好书不多的实感。分量多的书，糟粕也就多。读读杜甫的选集十分快意，虽然有些佳作也许漏过了选者的眼光。读全集怎么样？叫人头痛的作品依然不少。据说有把全集背诵一字不遗的人，我想这种人是缺乏美感，就只是为了训练记忆。顶讨厌的集子更无过于陆放翁，分量那么大，而佳作却真寥若晨星。反过来，《古诗十九首》、郭璞游仙诗十四首却不能不叫人公认为是人类的珍珠宝石。钱锺书的小说里曾说到一个产量大的作家，在房屋恐慌中，忽然得到一个新居，满心高兴。谁知一打听，才知道是由于自己的著作汗牛充栋的结果，把自己原来的房子压塌，而一直落在地狱里了。这话诚然有点刻薄，但也许对于像陆放翁那样不知趣的笨伯有一点点儿益处。

古往今来的好书，假若让我挑选，举不出十部。而且因为年龄环境的不同，也不免随时有些更易。单就目前论，我想是：《柏拉图对话录》《论语》《史记》《世说新语》

《水浒传》《庄子》《韩非子》,如此而已。其他的书名,我就有些踌躇了。或者有人问:你自己的著作可不可以列上?我很悲哀,我只有毫不踌躇地放弃附骥之想了。一个人有勇气(无论是糊涂或欺骗)是可爱的,可惜我不能像上海某名画家,出了一套世界名画选集,却只有第一本,那就是他自己的"杰作"!

我心中的文学

(文 / 冯骥才)

真正的文学和真正的恋爱一样,是在痛苦中追求幸福。

一

有人说我是文学的幸运儿,有人说我是福将,有人说我时运极佳,说话的朋友们,自然还另有深意的潜台词。

我却相信,谁曾是生活的不幸者,谁就有条件成为文学的幸运儿;谁让生活的祸水一遍遍地洗过,谁就有可能成为看上去亮光光的福将。当生活把你肆意掠夺一番之后,才会把文学馈赠给你。文学是生活的苦果,哪怕这果子带着甜滋滋的味儿。

生活是严肃的,它没戏弄我。因为没有坎坷的生活的路,没有磨难,没有牺牲,也就没有真正有力、有发现、有价值的文学。相反,我时常怨怪生活对我过于厚爱和宽恕,如果它把我推向更深的底层,我可能会找到更深刻的生活真谛。在享乐与受苦中间,真正有志于文学的人,必定是心甘情愿地选定后者。

因此，我又承认自己是幸运的。

我们似乎只消把耳闻目见如实说出，就比最富有想象力的古代作家虚构出来的还要动人心魄。而首先，我获得的是庄严的社会责任感，并发现我所能用以尽责的是纸和笔。我把这责任注入笔管和胶囊里，笔的分量就重了；如果我再把这笔管里的一切倾泻在纸上——那就是我希望的、我追求的、我心中的文学。

生活一刻不停地变化。文学追踪着它。

思想与生活，犹如托尔斯泰所说的从山坡上疾驰而下的马车，说不清是马拉着车，还是车推着马。作家需要伸出所有探索的触角和感受的触须，永远探入生活深处，与同时代的人一同苦苦思求通往理想中幸福的明天之路。如果不这样做，高尚的文学就不复存在了。

文学是一种使命。也是一种又苦又甜的终身劳役。无怪乎常有人骂我傻瓜。不错，是傻瓜！这世上多半的事情，就是各种各样的傻子和呆子来做的。

二

文学的追求，是作家对于人生的追求。

寥廓的人生有如茫茫的大漠，没有道路，更无向导，只在心里装着一个美好、遥远却看不见的目标。怎么走？不知道。在这漫长又艰辛的跋涉中，有时会由于不辨方位而困惑；有时会由于孤单而犹豫不前；有时自信心填满胸膛，气壮如牛；有时用拳头狠凿自己空空的脑袋。无论兴奋、自足、骄傲，还是灰心、自卑、后悔，一概都曾占据心头。情绪仿佛气候，时暖时寒；心境好像天空，时明时暗。这是信念与意志中薄弱的部分搏斗。人生的每一步都是在克服外界困难的同时，又在克服自我的障碍，才能向前跨出去。社会的前途大家共同奋斗，个人的道路还得自己一点点开拓。一边开拓，一边行走，至死也不知道自己走了多远。真正的人都是用自己的事业来追求人生价值的。作家还要直接去探索这价值的含义。

文学的追求，也是作家对于艺术的追求。

在艺术的荒原上，同样要经历找寻路途的辛苦。所有前人走过的道路，都是身后之路。只有在玩玩乐乐的旅游胜地，才有早已准备停当的轻车熟路。严肃的作家要给自己的生活发现，创造适用的表达方式。严格地说，每一种方式，只适合它特定的表达内容；另一种内容，还需要再去探索另一种新的方式。

文学不允许雷同，无论与别人，还是与自己。作家连一句用过的精彩的格言都不能再在笔下重现，否则就有抄袭自己之嫌。

然而，超过别人不易，超过自己更难。一个作家凭仗个人独特的生活经历、感受、发现以及美学见解，可以超过别人，这超过实际上也是一种区别。但他一旦亮出自己的面貌，若要再来区别自己，换上一副嘴脸，就难上加难。因此，大多数作家的成名作，便是他创作的峰巅，如果要超越这峰巅，就像使自己站在自己肩膀上一样。有人设法变幻艺术形式，有人忙于充填生活内容。但是单靠艺术翻新，最后只能使作品变成轻飘飘又炫目的躯壳；急于从生活中捧取产儿，又非今夕明朝就能获得。艺术是个斜坡，中间站不住，不是爬上去就是滑下来。每个作家都要经历创作的苦闷期。有的从苦闷中走出来，有的在苦闷中垮下去。任何事物都有局限，局限之外是极限，人力只能达到极限。反正迟早有一天，我必定会黔驴技穷，蚕老烛尽，只好自己模仿自己，读者就会对我大叫一声:"老冯,你到此为止啦!"就像俄罗斯那句谚语:老狗玩不了新花样!文坛的更迭就像大自然的淘汰一样无情,于是我整个身躯便划出一条不大美妙的抛物线,给文坛抛出来。这并没关系,只要我曾在那里边留下一点点什么,就知足了。

活着,却没白白地活着,这便是人生最大的幸福和安慰。同时,如果我以一生的努力都未给文学添上什么新东西,那将是我毕生最大的憾事!

我会说我:一个笨蛋!

三

一个作家应当具备哪些素质?

想象力、发现力、感受力、洞察力、捕捉力、判断力,活跃的形象思维和严谨的逻辑思维;尽可能庞杂的生活知识和尽可能全面的艺术素养;要巧、要拙、要灵、要切,要对大千世界充满好奇心,要对千形万态事物所独具的细节异常敏感,要对形形色色人的音容笑貌、举止动念,抓得又牢又准;还要对这一切,最磅礴和最细微的,有形和无形的,运动和静止的,清晰繁杂和朦胧一团的,都能准确地表达出来。笔头有如湘绣艺人的针尖,布局有如拿破仑摆阵;手中仿佛真有魔法,把所有无生命的东西勾勒得活灵活现。还要感觉灵敏、情感饱满、境界丰富。作家内心是个小舞台,社会舞台的小模型,生活的一切经过艺术的浓缩,都在这里重演,而且它还要不断变幻人物、场景、气氛和情趣。作家的能力最高表现为,在这之上,创造出崭新的、富有典型意义和审美价值的人物。

我具备其中多少素质?缺多少不知道,知道也没用。先天匮乏,后天无补。然而在文学艺术中,短处可以变化为长处,缺陷是造成某种风格的必备条件。左手书家的字,患眼疾画家的画,哑嗓子的歌手所唱的沙哑而迷人的歌,就像残月如弓的美色不能为满月所替代。不少缺乏鸿篇巨制结构能力的作家,成了机巧精致的短篇大师。没有一个条件齐全的作家,却有各具优长的艺术。作家还要有种能耐,即认识自己,扬长避短,发挥优势,使自己的气质成为艺术的特色,在成就了艺术的同时,也成就了自己。

认识自己并不比认识世界容易。作家可以把世人看得一清二楚,对自己往往糊糊涂涂,并不清醒。我写了各种各样的作品,至今不知哪一种属于我自己的。有的偏于哲理，有的侧重抒情，有的伤感，有的戏谑，我竟觉得都是自己——伤感才是我的气质？快乐才是我的化身？我是深思还是即兴的？我怎么忽而古代忽而现代？忽而异国情调忽而乡土风味？我好比瞎子摸象，这一下摸到坚实粗壮的腿，另一下摸到又大又软的耳朵，再一下摸到无比锋利的牙。哪个都像我，哪个又都不是。有人问我风格，我笑着说，这不是我关心的事。我全力要做的，是把自己的一切奉献给读者。风格不仅仅是作品的外貌，它是复杂又和谐的一个整体。它像一个人，清清楚楚，实实在在地存在，又难以明明白白说出来。作家在作品中除去描写的许许多多生命，还有一个生命，就是作家自己。风格是作家的气质，是活脱脱的生命的气息，是可以感觉到的一个独个的灵魂及其特有的美。

于是，作家就把他的生命化为一本本书。到了他生命完结那天，他所写的这些跳动着心、流动着情感、燃烧着爱情和散发着他独特气质的书，仍像作家本人一样留在世上。如果作家留下的不是自己，不是他真切感受到的生活，不是创造而是仿造，那自然要为后世甚至现世所废弃了。

作家要肯把自己交给读者。写的就是想的，不怕自己的将来可能反对自己的现在。拿起笔来的心情有如虔诚的圣徒，圣洁又坦率。思想的法则是纯正，内容的法则是真实，艺术的法则是美。不以文章完善自己，宁愿否定和推翻自己而完善艺术。作家批判世界需要勇气，批判自己需要更大的勇气。读者希望在作品中看到真实却不一定完美的人物，也愿意看到真切却可能是自相矛盾的作家。在舍弃自己的一切之后，文学便油然诞生。就像太阳燃烧自己时才放出光明。

如果作家把自己化为作品，作品上的署名，便像身上的肚脐儿那样，可有可无，完全没用，只不过在习惯中，没有这姓名不算一个齐全的整体罢了——这是句笑话。我是说，作家不需要在文学之外再享有什么了。这便是我心中的文学！

1984年1月　天津

复杂的必要

(文 / 史铁生)

母亲去世十年后的那个清明节,我和父亲和妹妹去寻过她的坟。

母亲去得突然,且在中年。那时我坐在轮椅上正惶然不知要向哪儿去,妹妹还在读小学。

父亲独自送母亲下了葬。巨大的灾难让我们在十年中都不敢提起她,甚至把墙上她的照片也收起来,总看着她和总让她看着我们,都受不了。

才知道越大的悲痛越是无言:没有一句关于她的话是恰当的,没有一个关于她的字不是恐怖的。

十年过去,悲痛才似轻了些,我们同时说起了要去看看母亲的坟。

三个人也便同时明白,十年里我们不提起她,但各自都在一天一天地想着她。

坟却没有了,或者从来就没有过。母亲辞世的那个年代,城市的普通百姓不可能有一座坟,只是火化了然后深葬，不留痕迹。

父亲满山跑着找，终于找到了他当年牢记下的一个标志，说：离那标志向东三十步左右，就是母亲的骨灰深埋的地方。

但是向东不足二十步已见几间新房，房前堆了石料，是一家制作墓碑的小工厂了，几个工匠埋头叮当地雕凿着碑石。

父亲憋了脸，喘气声一下比一下粗重。妹妹推着我走近前去，把那儿看了很久。又是无言。

离开时我对他们俩说：也好，只当那儿是母亲的纪念堂吧。

虽是这么说，心里却空落得以至于疼。

我当然反对大造阴宅。但是，简单到深埋且不留一丝痕迹，真也太残酷。

一个你所深爱的人，一个饱经艰难的人，一个无比丰富的心魂……就这么轻易地删减为零了？

这感觉让人沮丧至极，仿佛是说，生命的每一步原都是可以这样删除的。

纪念的习俗或方式可以多样，但总是要有。

而且不能简单，务要复杂些才好。复杂不是繁冗和耗费，心魂所要的隆重，并非物质的铺张可以奏效。

可以火葬，可以水葬，可以天葬，可以树碑，也可为死者种一棵树，甚或只为他珍藏一片树叶或供奉一根枯草……任何方式都好，唯不可意味了简单。任何方式都表明了复杂的必要。

因为，那是心魂对心魂的珍重所要求的仪式，心魂不能容忍对心魂的简化。

从而想到文学。文学，正是遵奉了这种复杂原则。

理论要走向简单，文学却要去接近复杂。

若要简单，任何人生都是可以删减到只剩下吃喝屙撒睡的，任何小说也都可以删减到只剩下几行梗概，任何历史都可以删减到只留几个符号式的伟人，任何壮举和怯逃都可以删减成一份光荣加一份耻辱……但是这不行，你不可能满足于像孩子那样只盼结局，你要看过程，从复杂的过程看生命艰巨的处境，以享隆重与壮美。

其实人间的事，更多的都是可以删减但不容删减的。

不信去想吧。比如足球，若单为决个胜负，原是可以一上来就踢点球的，满场奔跑倒为了什么呢？

说　短

（文／汪曾祺）

短，是现代小说的特征之一。

短，是出于对读者的尊重。

现代小说是忙书，不是闲书。现代小说不是在花园里读的，不是在书斋里读的。现代小说的读者不是有钱的老妇人，躺在樱桃花的阴影里，由陪伴女郎读给她听。不是文人雅士，明窗净几，竹韵茶烟。现代小说的读者是工人、学生、干部。他们读小说都是抓空儿。他们在码头上、候车室里、集体宿舍里、小饭馆里读小说，一面读小说，一面抓起一个芝麻烧饼或者汉堡包(看也不看)送进嘴里，同时思索着生活。现代小说要符合现代生活方式，现代生活的节奏。现代小说是快餐，是芝麻烧饼或汉堡包。当然，要做得好吃些。

小说写得长，主要原因是情节过于曲折。现代小说不要太多的情节。

以前人读小说是想知道一些他不知道的生活，或者世界上根本不存在的生活。他要读的不是生活，而是故事，或者还加上作者华丽的文笔。现代的读者是严肃的。他们有时也要读读大仲马的小说，但是只是看看玩玩，谁也不相信他编造的那一套。现代读者要求的是真实，想读的是生活，生活本身。现代读者不能容忍编造。一个作者的责任只是把你看到的、想过的一点生活诚实地告诉读者。你相信，这一点生活读者也是知道的，并且他也是完全可以写出来的。作者的责任只是用你自己的方式，尽量把这一点生活说得有意思一些。现代小说的作者和读者之间的界线逐渐在泯除。作者和读者的地位是平等的。最好不要想到我写小说，你看。而是，咱们来谈谈生活。生活，是没有多少情节的。

小说长，另一个原因是描写过多。

屠格涅夫的风景描写很优美。但那是屠格涅夫式的风景，屠格涅夫眼中的风景，不是人物所感受到的风景。屠格涅夫所写的是没落的俄罗斯贵族，他们的感觉和屠格涅夫有相通之处，所以把这些人物放在屠格涅夫式的风景之中还不"硌生"。写现代人，现代的中国人，就不能用这种写景方式，不能脱离人物来写景。小说中的景最好是人物眼中之景，心中之景。至少景与人要协调。现代小说写景，只要是："天黑下来了……"，"雾很大……"，"树叶都落光了……"，就够了。

巴尔扎克长于刻画人物，画了很多人物肖像，作了许多很长很生动的人物性格描写。这种方式不适用于现代小说。这种方式对读者带有很大的强迫性，逼得人只能按照巴尔扎克的方式观察生活。现代读者是自由的，他不愿听人驱使，他要用自己的眼睛看生活，你只要扼要地跟他谈一个人，一件事，不要过多地描写。作者最好客观一点，尽量闪在一边，让人物自己去行动，让读者自己接近人物。

我不大喜欢"性格"这个词。一说"性格"就总意味着一个奇异独特的人。现代小说写的只是平常的"人"。

小说长，还有一个原因是对话多。

有些小说让人物作长篇对话，有思想，有学问，成了坐而论道或相对谈诗，而且所用的语言都很规整，这在生活里是没有的。生活里有谁这样谈话，别人将会回过头来看着他们，心想：这几位是怎么了？

对话要少，要自然。对话只是平常的说话，只是于平常中却有韵味。对话，要像一串结得很好的果子。

对话要和叙述语言衔接，就像果子在树叶里。

长，还因为议论和抒情太多。

我并不一般地反对在小说里发议论，但议论必须很富于机智，带有讽刺性的小说常有议论，所谓嬉笑怒骂，皆成文章。

抒情，不要流于感伤。一篇短篇小说，有一句抒情诗就足够了。抒情就像菜里的味精一样，不能多放。

长还有一个原因是句子长，句子太规整。写小说要像说话，要有语态。说话，不可能每一个句子都很规整，主语、谓语、附加语全部齐备，像教科书上的语言。教科书的语言是呆板的语言。要使语言生动，要把句子尽量写得短，能切开就切开，这样的语言才明确。平常说话没有说挺长的句子的。能省略的部分都省掉。我在《异秉》中写陈相公一天的生活，碾药就写"碾药"，裁纸就写"裁纸"，两个字就算一句。因为生活里叙述一件事就是这样叙述的。如果把句子写齐全了，就会改为："他生活里的另一个项目是碾药"，"他生活里的又一个项目是裁纸"，那多啰嗦！——而且，让人感到你这个人说话像做文章（你和读者的距离立刻就拉远了）。写小说决不能做文章，所用的语言必须是活的，就像聊天说话一样。

现代小说的语言大都是很简短的。从这个意义来说，我觉得海明威比曹雪芹离我更近一些。鲁迅的教导是非常有益的：竭力将可有可无的字句删去。

我写《徙》，原来是这样开头的：世界上曾经有过很多歌，都已经消失了。

我出去散了一会儿步，改成了：很多歌消失了。

我牺牲了一些字，赢得的是文体的峻洁。

短，才有风格。现代小说的风格，几乎就等于：短。

短，也是为了自己。

论百读不厌

（文 / 朱自清）

前些日子参加了一个讨论会，讨论赵树理先生的《李有才板话》。座中一位青年提出了一件事实：他读了这本书觉得好，可是不想重读一遍。大家费了一些时候讨论这件事实。有人表示意见，说不想重读一遍，未必减少这本书的好，未必减少它的价值。但是时间匆促，大家没有达到明确的结论。一方面似乎大家也都没有重读过这本书，并且似乎从没有想到重读它。然而问题不但关于这一本书，而是关于一切文艺作品。为什么一些作品有人百读不厌，另一些却有人不想读第二遍呢？是作品的不同吗？是读的人不同吗？如果是作品不同，百读不厌是不是作品评价的一个标准呢？这些都值得我们思索一番。

苏东坡有《送章惇秀才失解西归》诗，开头两句是：

旧书不厌百回读，熟读深思子自知。

"百读不厌"这个成语就出在这里。旧书指的是经典，所以要熟读深思。《三国志・魏志・王肃传・注》：

人有从（董遇）学者，遇不肯教，而云必当先读百遍，言读书百遍而意自见。

经典文字简短，意思深长，要多读，熟读，仔细玩味，才能了解和体会。所谓意自见，子自知，着重自然而然，这是不能着急的。这诗句原是安慰和勉励那考试失败的章惇秀才的话，劝他回家再去安心读书，说旧书不嫌多读，越读越玩味越有意思。固然经典值得百回读，但是这里着重的还在那读书的人。简化成百读不厌这个成语，却就着重在读的书或作品了。这成语常跟另一成语爱不释手配合着，在读的时候爱不释手，读过了以后百读不厌。这是一种赞词和评语，传统上确乎是一个评价的标准。当然，百读只是重读多读屡读的意思，并不一定一遍接着一遍地读下去。

经典给人知识，教给人怎样做人，其中有许多语言的、历史的、修养的课题，有许多注解，此外还有许多相关的考证，读上百遍，也未必能够处处贯通，教人多读是有道理的。但是后来所谓百读不厌，往往不指经典而指一些诗，一些文，以及一些小说；这些作品读起来津津有味，重读，屡读也不腻味，所以说不厌；不厌不但是不讨厌，并且是不厌倦。诗文和小说都是文艺作品，这里面也有一些语言和历史的课题，诗文也有些注解和考证；小说方面呢，却直到近代才有人注意这些课题，于是也有了种种考证。但是过去一般读者只注意诗文的注解，不大留心那些课题，对于小说更其如此。他们集中在本文的吟诵或浏览上。这些人吟诵诗文是为了欣赏，甚至于只为了消遣，浏览或阅读小说更只是为了消遣，他们要求的是趣味，是快感。这跟诵读经典不一样。诵读经典是为了知识，为了教训，得认真，严肃，正襟危坐地读，不像读诗文和小说可以马马虎虎的，随随便便的，在床上，在火车轮船上都成。这么着可还能够教人百读不厌，那些诗文和小说到底是靠了什么呢？

在笔者看来，诗文主要是靠了声调，小说主要是靠了情节。过去一般读者大概都会吟诵，他们吟诵诗文，从那吟诵的声调或吟诵的音乐得到趣味或快感，意义的关系很少；只要懂得字面儿，全篇的意义弄不清楚也不要紧的。梁启超先生说过李义山的一些诗，虽然不懂得究竟是什么意思，可是读起来还是很有趣味（大意）。这种趣味大概一部分在那些字面儿的影像上，一部分就在那七言律诗的音乐上。字面儿的影像引起人们奇丽的感觉；这种影像所表示的往往是珍奇，华丽的景物，平常人不容易接触到的，所谓七宝楼台之类。民间文艺里常常见到的牙床等等，也正是这种作用。民间流行的小调以音乐为主，而不注重词句，欣赏也偏重在音乐上，跟吟诵诗文也正相同。感觉的享受似乎是直接的，本能的，即使是字面儿的影像所引起的感觉，也还多少有这种情形，至于小调和吟诵，更显然直接诉诸听觉，难怪容易唤起普遍的趣味和快感。至于意义的欣赏，得靠综合诸感觉的想象力，这个得有长期的教养才成。然而就像教养很深的梁启超先生，有时也还让感觉领着走，足见感觉的力量之大。

小说的百读不厌，主要的是靠了故事或情节。人们在儿童时代就爱听故事，尤其爱奇怪的故事。成人也还是爱故事，不过那情节得复杂些。这些故事大概总是神仙、武侠、才子、佳人，经过种种悲欢离合，而以大团圆终场。悲欢离合总得不同寻常，那大团圆才足奇。小说本来起于民间，起于农民和小市民之间。在封建社会里，农民和小市民是受着重重压迫的，他们没有多少自由，却有做白日梦的自由。他们寄托他们的希望于超现实的神仙，神仙化的武侠，以及望之若神仙的上层社会的才子佳人；他们希望有朝一日自己会变成了这样的人物。这自然是不能实现的奇迹，可是能够给他们安慰、趣味和快感。他们要大团圆，正因为他们一辈子是难得大团圆的，奇情也正是常情啊。他们同情故事中的人物，设身处地地替古人担忧，这也因为事奇人奇的缘故。过去的小说似乎始终没有完全移交到士大夫的手里。士大夫读小说，只是看闲书，就是作小说，也只是游戏文章，总而言之，消遣而已。他们得化装为小市民来欣赏，来写作；在他们看，小说奇于事实，只是一种玩意儿，所以不能认真、严肃，只是消遣而已。

封建社会渐渐垮了，五四时代出现了个人，出现了自我，同时成立了新文学。新文学提高了文学的地位；文学也给人知识，也教给人怎样做人，不是做别人的，而是做自己的人。可是这时候写作新文学和阅读新文学的，只是那变了质的下降的士和那变了质的上升的农民和小市民混合成的知识阶级，别的人是不愿来或不能来参加的。而新文学跟过去的诗文和小说不同之处，就在它是认真的负着使命。早期的反封建也罢，后来的反帝国主义也罢，写实的也罢，浪漫的和感伤的也罢，文学作品总是一本正经的在表现着并且批评着生活。这么着文学扬弃了消遣的气氛，回到了严肃——古代贵族的文学如《诗经》，倒本来是严肃的。这负着严肃的使命的文学，自然不再注重传奇，不再注重趣味和快感，读起来也得正襟危坐，跟读经典差不多，不能再那么马马虎虎，随随便便的。但是究竟是形象化的，诉诸情感的，跟经典以冰冷的抽象的理智的教训为主不同，又是现代的白话，没有那些语言的和历史的问题，所以还能够吸引许多读者自动去读。不过教人百读不厌甚至教人想去重读一遍的作用，的确是很少了。

　　新诗或白话诗，和白话文，都脱离了那多多少少带着人工的、音乐的声调，而用着接近说话的声调。喜欢古诗、律诗和骈文、古文的失望了，他们尤其反对这不能吟诵的白话新诗；因为诗出于歌，一直不曾跟音乐完全分家，他们是不愿扬弃这个传统的。然而诗终于转到意义中心的阶段了。古代的音乐是一种说话，所谓乐语，后来的音乐独立发展，变成好听为主了。现在的诗既负上自觉的使命，它得说出人人心中所欲言而不能言的，自然就不注重音乐而注重意义了。——一方面音乐大概也在渐渐注重意义，回到说话罢？——字面儿的影像还是用得着，不过一般的看起来，影像本身，不论是鲜明的，朦胧的，可以独立的诉诸感觉的，是不够吸引人了；影像如果必须得用，就要配合全诗的各部分完成那中心的意义，说出那要说的话。在这动乱时代，人们着急要说话，因为要说的话实在太多。小说也不注重故事或情节了，它的使命比诗更见分明。它可以不靠描写，只靠对话，说出所要说的。这里面神仙、武侠、才子、佳人，都不大出现了，偶然出现，也得打扮成平常人；是的，这时候的小说的人物，主要的是些平常人了，这是平民世纪啊。至于文，长篇议论文发展了工具性，让人们更如意地也更精密地说出他们的话，但是这已经成为诉诸理性的了。诉诸情感的是那发展在后的小品散文，就是那标榜生活的艺术，抒写身边琐事的。这倒是回到趣味中心，企图着教人百读不厌的，确乎也风行过一时。然而时代太紧张了，不容许人们那么悠闲；人家嫌小品文近乎所谓软性，丢下了它去找那硬性的东西。

文艺作品的读者变了质了，作品本身也变了质了，意义和使命压下了趣味，认识和行动压下了快感。这也许就是所谓硬的解释。硬性的作品得一本正经的读，自然就不容易让人爱不释手，百读不厌。于是百读不厌就不成其为评价的标准了，至少不成其为主要的标准了。但是文艺是欣赏的对象，它究竟是形象化的，诉诸情感的，怎么硬也不能硬到和论文或公式一样。诗虽然不必再讲那带几分机械性的声调，却不能不讲节奏，说话不也有轻重高低快慢吗？节奏合式，才能集中，才能够高度集中。文也有文的节奏，配合着意义使意义集中。小说是不注重故事或情节了，但也总得有些契机来表现生活和批评它；这些契机得费心思去选择和配合，才能够将那要说的话，要传达的意义，完整的说出来，传达出来。集中了的完整了的意义，才见出情感，才让人乐意接受，欣赏就是乐意接受的意思。能够这样让人欣赏的作品是好的，是否百读不厌，可以不论。在这种情形之下，笔者同意：《李有才板话》即使没有人想重读一遍，也不减少它的价值，它的好。

但是在我们的现代文艺里，让人百读不厌的作品也有的。例如鲁迅先生的《阿Q正传》，茅盾先生的《幻灭》《动摇》《追求》三部曲，笔者都读过不止一回，想来读过不止一回的人该不少罢。在笔者本人，大概是《阿Q正传》里的幽默和三部曲里的几个女性吸引住了我。这几个作品的好已经定论，它们的意义和使命大家也都熟悉，这里说的只是它们让笔者百读不厌的因素。《阿Q正传》主要的作用不在幽默，那三部曲的主要作用也不在铸造几个女性，但是这些却可能产生让人百读不厌的趣味。这种趣味虽然不是必要的,却也可以增加作品的力量。不过这里的幽默绝不是油滑的,无聊的,也绝不是为幽默而幽默,而女性也绝不就是色情,这个界限是得弄清楚的。抗战期中,文艺作品尤其是小说的读众大大的增加了。增加的多半是小市民的读者,他们要求消遣,要求趣味和快感。扩大了的读众,有着这样的要求也是很自然的。长篇小说的流行就是这个要求的反应,因为篇幅长,故事就长,情节就多,趣味也就丰富了。这可以促进长篇小说的发展,倒是很好的。可是有些作者却因为这样的要求,忘记了自己的边界,放纵到色情上,以及粗劣的笑料上,去吸引读众,这只是迎合低级趣味。而读者贪读这一类低级的软性的作品,也只是沉溺,说不上百读不厌。百读不厌究竟是个赞词或评语,虽然以趣味为主,总要是纯正的趣味才说得上的。

论雅俗共赏

(文 / 朱自清)

陶渊明有"奇文共欣赏，疑义相与析"的诗句，那是一些"素心人"的乐事，"素心人"当然是雅人，也就是士大夫。这两句诗后来凝结成"赏奇析疑"一个成语，"赏奇析疑"是一种雅事，俗人的小市民和农家子弟是没有份儿的。然而又出现了"雅俗共赏"这一个成语，"共赏"显然是"共欣赏"的简化，可是这是雅人和俗人或俗人跟雅人一同在欣赏，那欣赏的大概不会还是"奇文"罢。这句成语不知道起于什么时代，从语气看来，似乎雅人多少得理会到甚至迁就着俗人的样子，这大概是在宋朝或者更后罢。

原来唐朝的安史之乱可以说是我们社会变迁的一条分水岭。在这之后，门第迅速地垮了台，社会的等级不像先前那样固定了，"士"和"民"这两个等级的分界不像先前的严格和清楚了，彼此的分子在流通着，上下着。而上去的比下来的多，士人流落民间的究竟少，老百姓加入士流的却渐渐多起来。王侯将相早就没有种了，读书人到了这时候也没有种了；只要家里能够勉强供给一些，自己有些天分，又肯用功，就是个"读书种子"；去参加那些公开的考试，考中了就有官做，至少也落个绅士。这种进展经过唐末跟五代的长期的变乱加了速度，到宋朝又加上印刷术的发达，学校多起来了，士人也多起来了，士人的地位加强，责任也加重了。这些士人多数是来自民间的新的分子，他们多少保留着民间的生活方式和生活态度。他们一面学习和享受那些雅的，一面却还不能摆脱或蜕变那些俗的。人既然很多，大家是这样，也就不觉其寒碜；不但不觉其寒碜，还要重新估定价值，至少也得调整那旧来的标准与尺度。"雅俗共赏"似乎就是新提出的尺度或标准，这里并非打倒旧标准，只是要求那些雅士理会到或迁就些俗士的趣味，好让大家打成一片。当然，所谓"提出"和"要求"，都只是不自觉地看来是自然而然的趋势。

中唐的时期，比安史之乱还早些，禅宗的和尚就开始用口语记录大师的说教。用口语为的是求真与化俗，化俗就是争取群众。安史乱后，和尚的口语记录更其流行，于是乎有了"语录"这个名称，"语录"就成为一种著述体了。到了宋朝，道学家讲学，更广泛地留下了许多语录；他们用语录，也还是为了求真与化俗，还是为了争取群众。所谓求真的"真"，一面是如实和直接的意思。禅家认为第一义是不可说的。语言文字都不能表达那无限的可能，所以是虚妄的。然而实际上语言文字究竟是不免要用的一种"方便"，记录文字自然越近实际的、直接的说话越好。在另一面这"真"又是自然的意思，自然才亲切，才让人容易懂，也就是更能收到化俗的功效，更能获得广大的群众。道学主要的是中国的正统的思想，道学家用了语录做工具，大大的增强了这种新的文体的地位，语录就成为一种传统了。比语录体稍稍晚些，还出现了一种宋朝叫作"笔记"的东西。这种作品记述有趣味的杂事，范围很宽，一方面发表作者自己的意见，所谓议论，也就是批评，这些批评往往也很有趣味。作者写这种书，只当作对客闲谈，并非一本正经，虽然以文言为主，可是很接近说话。这也是给大家看的，看了可以当作"谈助"，增加趣味。宋朝的笔记最发达，当时盛行，流传下来的也很多。目录家将这种笔记归在"小说"项下，近代书店汇印这些笔记，更直题为"笔记小说"；中国古代所谓"小说"，原是指记述杂事的趣味作品而言的。

那里我们得特别提到唐朝的"传奇"。"传奇"据说可以见出作者的"史才、诗笔、议论",是唐朝士子在投考进士以前用来送给一些大人先生看,介绍自己,求他们给自己宣传的。其中不外乎灵怪、艳情、剑侠三类故事,显然是以供给"谈助",引起趣味为主。无论照传统的意念,或现代的意念,这些"传奇"无疑的是小说,一方面也和笔记的写作态度有相类之处。照陈寅恪先生的意见,这种"传奇"大概起于民间,文士是仿作,文字里多口语化的地方。陈先生并且说唐朝的古文运动就是从这儿开始。他指出古文运动的领导者韩愈的《毛颖传》,正是仿"传奇"而作。我们看韩愈的"气盛言宜"的理论和他的参差错落的文句,也正是多多少少在口语化。他的门下的"好难""好易"两派,似乎原来也都是在试验如何口语化。可是"好难"的一派过分强调了自己,过分想出奇制胜,不管一般人能够了解欣赏与否,终于被人看做"诡"和"怪"而失败,于是宋朝的欧阳修继承了"好易"的一派的努力而奠定了古文的基础。——以上说的种种,都是安史乱后几百年间自然的趋势,就是那雅俗共赏的趋势。

宋朝不但古文走上了"雅俗共赏"的路,诗也走向这条路。胡适之先生说宋诗的好处就在"作诗如说话",一语破的指出了这条路。自然，这条路上还有许多曲折，但是就像不好懂的黄山谷，他也提出了"以俗为雅"的主张，并且点化了许多俗语成为诗句。实践上"以俗为雅"，并不从他开始，梅圣俞、苏东坡都是好手，而苏东坡更胜。据记载梅和苏都说过"以俗为雅"这句话，可是不大靠得住；黄山谷却在《再次杨明叔韵》一诗的"引"里郑重地提出"以俗为雅，以故为新"，说是"举一纲而张万目"。他将"以俗为雅"放在第一，因为这实在可以说是宋诗的一般作风，也正是"雅俗共赏"的路。但是加上"以故为新"，路就曲折起来，那是雅人自赏，黄山谷所以终于不好懂了。不过黄山谷虽然不好懂，宋诗却终于回到了"作诗如说话"的路，这"如说话"，的确是条大路。

雅化的诗还不得不回向俗化，刚刚来自民间的词，在当时不用说自然是"雅俗共赏"的。别瞧黄山谷的有些诗不好懂，他的一些小词可够俗的。柳耆卿更是个通俗的词人。词后来虽然渐渐雅化或文人化，可是始终不能雅到诗的地位，它怎么着也只是"诗馀"。词变为曲，不是在文人手里变，是在民间变的；曲又变得比词俗，虽然也经过雅化或文人化，可是还雅不到词的地位，它只是"词馀"。一方面从晚唐和尚的俗讲演变出来的宋朝的"说话"就是说书,乃至后来的平话以及章回小说,还有宋朝的杂剧和诸宫调等等转变成功的元朝的杂剧和戏文,乃至后来的传奇,以及皮簧戏,更多半是些"不登大雅"的"俗文学"。这些除元杂剧和后来的传奇也算是"词馀"以外,在过去的文学传统里简直没有地位;也就是说这些小说和戏剧在过去的文学传统里多半没有地位,有些有点地位,也不是正经地位。可是虽然俗,大体上却"俗不伤雅",虽然没有什么地位,却总是"雅俗共赏"的玩意儿。

中国文章

(文 / 废名)

中国文章里简直没有厌世派的文章,这是很可惜的事。我这话虽然说得有点儿游戏,却也是认真的话。我说厌世,并不是叫人去学三闾大夫葬于江鱼之腹中,那倒容易有热中的危险,至少要发狂,我们岂可轻易喝彩。我读了外国人的文章,好比徐志摩所佩服的英国哈代的小说,总觉得那些文章里写风景真是写得美丽,也格外的有乡土的色彩,因此我尝戏言,大凡厌世诗人一定很安乐,至少他是冷静的,真的,他描写一番景物给我们看了。我从前写了一首诗,题目为"梦",诗云:

我在女子的梦里写一个善字,
我在男子的梦里写一个羊字,
厌世诗人我画一幅好看的山水,
小孩子我替他画一个世界。

我喜读莎士比亚的戏剧,喜读哈代的小说,喜读俄国梭罗古勃的小说,他们的文章里却有中国文章所没有的美丽,简单一句,中国文章里没有外国人的厌世诗。中国人生在世,确乎是重实际,少理想,更不喜欢思索那"死",因此不但生活上就是文艺里也多是凝滞的空气,好像大家缺少一个公共的花园似的。延陵季子挂剑空垅的故事,我以为不如伯牙钟子期的故事美。嵇康就命顾日影弹琴,同李斯临刑叹不得复牵黄犬出上蔡东门,未免都哀而伤。朝云暮雨尚不失为一篇故事,若后世才子动不动"楚襄王,赴高唐",毋乃太鄙乎。李商隐诗,"微生尽恋人间乐,只有襄王忆梦中",这个意思很难得。中国人的思想大约都是"此间乐,不思蜀",或者就因为这个缘故在文章里乃失却一份美丽了。我常想,中国后来如果不是受了一点儿佛教影响,文艺里的空气恐怕更陈腐,文章里恐怕更要损失好些好看的字面。我读中国文章是读外国文章之后再回头来读的,我读庾信是因为读了杜甫,那时我正是读了英国哈代的小说之后,读庾信文章,觉得中国文字真可以写好些美丽的东西,"草无忘忧之意,花无长乐之心","霜随柳白,月逐坟圆",都令我喜悦。"月逐坟圆"这一句,我直觉的感得中国难得有第二人这么写。杜甫《咏明妃诗》对得一句"独留青冢向黄昏",大约是从庾信学来的,却没有庾信写得自然了。中国诗人善写景物,关于"坟"没有什么好的诗句,求之六朝岂易得,去矣千秋不足论也。

庾信《谢明皇帝丝布等启》,篇末云"物受其生,于天不谢",又可谓中国文章里绝无而仅有的句子。如此应酬文章写得如此美丽,于此见性情。

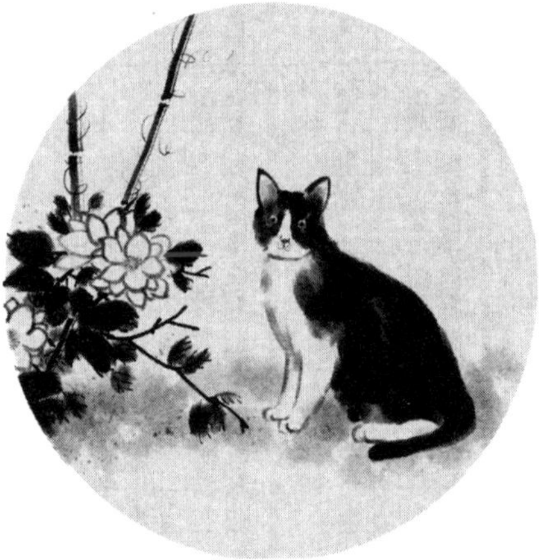

散文并不"散"

（文 / 老舍）

我们今天的散文多数是用白话写的。按说，这就不应当有多少困难。可是，我们差不多天天可以看到不很好的散文。这说明了散文虽然是用白话写的，到底还有困难。现在，我愿就我自己写散文的经验，提出几点意见，也许对还没能把散文写好的人们有些帮助。

一、散文是用加工过的语言组织成篇的。我们先说为什么要用加工过的语言：散文虽然是用白话写的，可并不与我们日常说话相同。我们每天要说许多的话。假若一天里我们的每一句话都有过准备，想好了再说，恐怕到不了晚上，我们就已经疲乏不堪了。事实上，我们平常的话语多半是顺口掊拾说出的，并不字字推敲，语语斟酌。假若暗中有人用录音机把我们一日之间的话语都记录下来，然后播放给我们听，我们必定会惊异自己是多么不会讲话的人。听吧：这一句只说了半句，那一句根本没说明白；这一句重复了两回，那一句用错了三个字；还有，说着说着没有了声音，原来是我们只端了端肩膀，或吐了吐舌头。

想想看，要是写散文完全和咱们平常说话一个样，行吗？一定不行。写在纸上的白话必须加工细制，把我们平常说话的那些毛病去掉。我们要注意。

二、散文中的每个字都要用得适当。在我们平日说话的时候，因为没有什么准备，我们往往用错了字。写散文，应当字字都须想过，不能"大笔一挥"，随它去吧。散文中的用字必求适当。所谓适当者，就是顺着思路与语气，该俗就俗，该文就文，该土就土，该野就野。要记住：字是死的，散文是活的，都看我们怎么去选择运用。"他妈的"用在适当的地方就好，用在不适当的地方就不好，它不永远是好的。"检讨""澄清""拥护"……也都如是。字的本身没有高低好坏之分，全凭我们怎给它找个最适当的地方，使它发生最大的效用。就拿"澄清"来说吧，我看见过这么一句："太阳探出头来，雾慢慢给澄清了。""澄清"本身原无过错，可是用在这里就出了岔子。雾会由浓而薄，由聚而散，可不会澄清。我猜：写这句话的人可能是未加思索，随便抓到"澄清"就用上去，也可能是心中早就喜爱"澄清"，遇机会便非用上不可。前者是犯了马虎的毛病，后者是犯了溺爱的毛病；二者都不对。

一句中不单重要的字要斟酌，就是次要的字也要费心想一想，甚至于用一个符号也要留神。写散文是件劳苦的事；信口开河必定失败。

三、选择词与字是为造好了句子。可是，有了适当的字，未必就有好句子。一句话的本身须是一个完整的单位；同时，它必须与上下邻句发生相成相助的关系。有了这两重关系，造句的困难就不仅是精选好字所能克服的了。你看，就拿："为了便于统制，就又奴役了知识分子。"这一句来说吧，它所用的字都不错啊，可不能算是好句子——它的本身不完整，不能独立地自成一单位。到底是"谁"为了便于统治，"谁"又奴役了知识分子啊？作者既没交代清楚，我们就须去猜测，散文可就变成谜语了！

句子必须完整。完整的句子才能使人明白说的是什么。句子要简单，可是因为力求简单而使它有头无尾，或有尾无头，也行不通。简而整才是好句子。

造句和插花儿似的，单独的一句虽好，可是若与邻句配合不好，还是不会美满；我们把几朵花插入瓶中，不是要摆弄半天，才能满意么？上句不接下句是个大毛病。因此，我们不要为得到了一句好句子，便拍案叫绝，自居为才子。假若这一好句并不能和上下句做好邻居，它也许发生很坏的效果。我们写作的时候虽然是写完一句再写一句，可不妨在下笔之前，想出一整段儿来。胸有成竹必定比东一笔西一笔乱画好得多。即使这么做了，等到一段写完之后，我们还须再加工，把每句都再细看一遍，看看每句是不是都足以帮助说明这一段所要传达的思想与事实，看看在情调上是不是一致，好教这全段有一定的气氛。不管句子怎么好，只要它在全段中不发生作用，就是废话，必须狠心删去。肯删改自己的文字的必有出息。

　　长句子容易出毛病。把一句长的分为两三句短的，也许是个好办法。长句即使不出毛病，也有把笔力弄弱的危险，我们须多留神。还有，句子本无须拖长，但作者不知语言之美，或醉心欧化的文法，硬把它写得长长的，好像不写长句，便不足以表现文才似的。这是个错误。一个作家必须会运用他的本国的语言，而且会从语言中创造出精美的散文来。假若我们把下边的这长句：不只是掠夺了人民的财富，一种物质上的掠夺；此外，更还掠夺了人民的精神上的食粮。

改为：

不只掠夺了人民的物质财富，而且抢夺了人民的精神食粮。

一定不会教原文吃了亏。

四、一篇文字的分段不是偶然的。一段是思想的或事实的一个自然的段落，少说点就不够，多说点就累赘。一句可作一段，五十句也可作一段，句子可多可少，全看应否告一段落。写到某处，我们会觉得已经说明了一个道理或一件事实，而且下面要改说别的了，我们就在此停住，作为一段。假若我们的思路有条有理，我们必会这么适可而止地、自自然然地分段。反之，假若我们心中糊里糊涂，分段就大不容易，而拉不断扯不断，不能清楚分段的文章，必是糊涂文章。有适当的分段，文章才能清楚地有了起承转合。有适当的分段，文章才能眉目清楚，虽没有逐段加上小标题，而读者却仿佛看见了小标题似的。有适当的分段，读者才能到地方喘一口气，去消化这一段的含韫。近来，写文章的一个通病，就是到地方不愿分段，而迷迷糊糊地写下去。于是，读者就因喘不过气来，失去线索，感到烦闷，不再往下念。

写完了一段，或几段，自己朗读一遍，是最有用的办法。当我们在白纸上画黑道儿的时候，我们只顾了用心选择字眼，用心造句；我们的心好像全放在了纸上。及至自己朗读刚写好的文字的时候，我们才能发现：（1）纸上的文字只尽了述说的责任，而没顾到文字的声音之美与形象之美。字是用对了，但是也许不大好听；句子造完整了，但是也许太短或太长，念起来不顺嘴。字句的声音很悦耳了，但也许没有写出具体的形象，使读者不能立刻抓到我们所描写的东西。这些缺点是非用耳朵听过，不能发现的。

（2）今天的写作的人们大概都知道尊重口语。可是，在拿起笔来的时候，大家都不知不觉地抖露出来欧化的句法，或不必要的新名词与修辞。经过朗读，我们才能发现：欧化的句法是多么不自然；不必要的新名词与修辞是多么没有力量，不单没有帮助我们使形象突出，反倒给形象罩上了一层烟雾。经过朗读，我们必会把不必要的形容字与虚字删去许多，因而使文字挺脱结实起来。"然而""所以""徘徊""涟漪"，这类的字会因受到我们的耳朵的抗议而被删去——我们的耳朵比眼睛更不客气些。耳朵听到了我们的文字，会立刻告诉我们：这个字不现成，请再想想吧。这样，我们就会把文字逐渐改得更现成一些。文字现成，文章便显着清浅活泼，使读者感到舒服，不知不觉地受了感化。

（3）一段中的句子要有变化，不许一边倒，老用一种结构。这，在写的时候，也许不大看得出来；赶到一朗读，这个缺点即被发现。比如："他是个做小生意的。他的眼睛很大。他的嘴很小。他不十分体面。"读起来便不起劲，因为句子的结构是一顺边儿，没有变化。假若我们把它们改成："他是个做小生意的。大眼睛，小嘴，他不十分体面。"便显出变化生动来了。同样的，一句之中，我们往往不经心地犯了用字重复的毛病，也能在朗读时发现，设法矫正。例如："他本是本地的人。"此语是讲得通的，可是两个"本"字究竟有点别扭，一定不如"他原是本地的人"那么好。

以上是略为说明：散文为什么要用加过工的语言和怎样加工。以下就要说，怎么去组织一篇文字了。

五、无论是写一部小说，还是一篇杂文，都须有组织。有组织的文字才能成为文艺作品。因此，无论是写一部小说，还是一篇短的杂文，我们都须事先详细计划一番，作出个提纲。写了一段，临时现去想下段，是很危险的。最好是一写头一段的时候，就已经计划好末一段说什么。

第一章　何为好的文学

有了全盘的计划，我们才晓得对题发言，不东一句西一句地瞎扯。

有了全盘的计划，我们才能决定选用什么样的语言。要写一篇会务报告，我们就用清浅明确的文字；要写一篇浪漫的小说，就用极带感情的文字。我们的文字是与文体相配备的。写信跟父母要钱，我们顶好老老实实地陈说；假若给他老人家写一些散文诗去，会减少了要到钱的希望的。

有了全盘的计划，我们才会就着这计划去想：怎样把这篇东西写得最简练而最有效果。文艺的手法贵在经济。我看见过不少这样的文章：内容、思想，都好；可是，写得太冗太多，使人读不下去。这毛病是在文章组织得不够精细。"多想少写"是个值得推荐的办法。散文并不真是"散"的。

这样，总结起来说，要把散文写好，须在字上，句上，段上，篇上，都多多加工；这也就是说，在写一篇散文的时候，我们须先在思想上加工，决定教一字不苟，一字不冗。文章是写给大家看的。写得乱七八糟，便是自己偷了懒，而耽误了别人的工夫；那对不起人！

介绍一本使你下泪的书

（文／傅雷）

我想动笔做这篇文章的时候，还在好几天前；只是一天到晚地无事忙和懒惰忙，给我耽搁下来。而今天申报艺术界的书报介绍栏里已发现了四个大字"爱的教育"。

刚才读到十三期《北新》也发现了同样的题目——《爱的教育》。论理人家已经介绍过了，很详细地介绍过了，似乎不用我再来凑热闹了。

不过我要说的话，和《申报》元清君说的稍有些不同，而《北新》上的也只是报告一个消息，还没有见过整篇的文字谈到它的。而且在又一方面，《北新》是郑重的、诚恳的，几次地声明：欢迎读者的关于书报的意见，当然肯牺牲些篇幅。

我读到这篇文字的时候，校里正在举行一察学生平日勤惰的季考，但是我辈烂污朋友，反因不上课的缘故，可以不查生字（英文的），倒觉得十分清闲。我就费了两天的光阴，流了几次眼泪，读完了它。说到流泪，我并不说谎，并不是故意说这种话来骇人听闻；只看译者的序言就知道了，不过夏先生的流泪，完全是因为他当了许多年教师的缘故；而我的眼泪，实在是因为我是才跑到成人（我还未满二十）的区域里的缘故！

真是！黄金似的童年，快乐无忧的童年，梦也似的过去了！永不回来了！眼前满是陌生的人们，终朝板起"大人"的面孔来吓人骗人。

以孤苦伶仃的我，才上了生命的路，真像一只柔顺的小羊，离开了母亲，被牵上市去一样。回头看看自己的同伴，自己的姐妹，还是在草地上快活地吃草。那种景况，怎能不使善感的我，怅惘，凄怆，以至于泪下而不自觉呢！

还有，他叙述到许多儿童爱父母的故事，使我回忆起自己当年，曾做了多少使母亲难堪的事，现在想来，真是万死莫赎。那种忏悔的痛苦，我已深深地尝过了！

我们在校，对于学校功课，总不肯用功。遇到考试，总可敷衍及格，而且有时还可不止及格呢。就是不及格，也老是替自己解释：考试本是骗人的！但是我读了他们种种勤奋的态度，我真是对不起母亲！对不起自己！只是自欺欺人的混过日子。

又读到他们友爱的深切诚挚，使我联想到现在的我们，天天以虚伪的面孔来相周旋，以嫉妒愤恨的心理互相欺凌。我们都还在童年与成年的交界上，而成年人的罪恶已全都染遍；口上天天提倡世界和平，学校里还不能和平呢！

"每月例话"是包含了许多爱国忠勇……的故事，又给了我辈天天胡闹、偷安苟全、醉生梦死的人一服清凉剂！我读了《少年鼓手》《少年侦探》，我正像半夜里给大炮惊醒了，马上跳下床来一样。我今天才认识到我现在所处的地位！至于还有其他的许多故事，读者自会领略，不用多说。

末了，我希望凡是童心未退，而想暂时地回到童年的乐园里去流连一下的人们，快读此书！我想他们读了一定也会像我一样的伤心——或许更厉害些！——不过他们虽然伤心，一定仍旧会爱它，感谢它的。玫瑰花本是有刺的啊！

我更希望读到此书的人们，要努力地把它来介绍给一般的儿童！这本书原是著名的儿童读物。而且，我想他们读了，也可以叫他们知道童年的如何可贵，而好好地珍惜他们的童年，将来不至像我们一样！从另一方面说：他们读了这本书，至少他们的脾气要好上十倍！他一定不会——至少要大大地减少——再使他母亲不快活，他更要和气的待同学……总而言之,要比上三年公民课所得的效果好得多!

我这篇东西完全像一篇自己的杂记,只是一些杂乱的感想,固然谈不到批评,也配不上说介绍;只希望能引起一般人的注意罢了!

我谨候读过此书后的读者,能够给我一个同情的应声!

一九二六年十一月十九日大同大学

第二章　大家的读书经验

尤其要紧的是养成读书的习惯，是在学问中寻出一种兴趣。

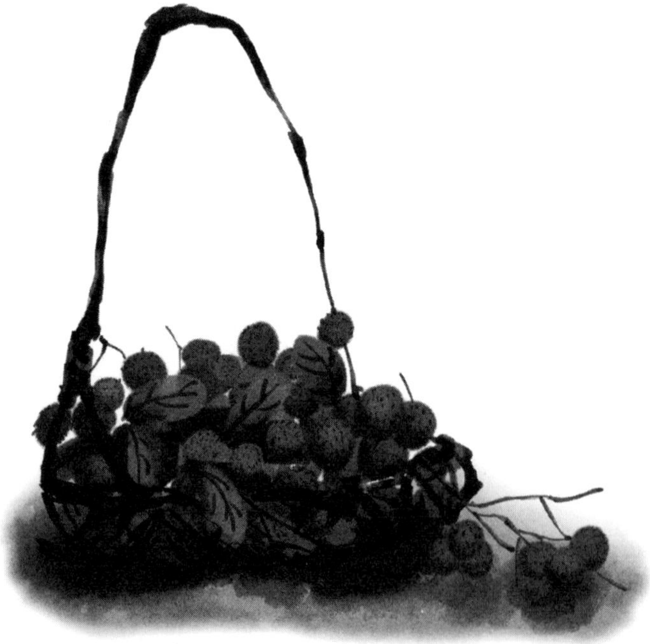

读　书

（文 / 老舍）

若是学者才准念书，我就什么也不要说了。大概书不是专为学者预备的；那么，我可要多嘴了。

从我一生下来直到如今，没人盼望我成个学者；我永远喜欢服从多数人的意见。可是我爱念书。

书的种类很多，能和我有交情的可很少。我有决定念什么的全权；自幼儿我就会逃学，愣挨板子也不肯说我爱《三字经》和《百家姓》。对，《三字经》便可以代表一类——这类书，据我看，顶好在判了无期徒刑后去念，反正活着也没多大味儿。这类书可真不少，不知道为什么；也许是犯无期徒刑罪的太多；要不然便是太少　我自己就常想杀些写这类书的人。我可是还没杀过一个，一来是因为——我才明白过来——写这样书的人敢情有好些已经死了，比如写《尚书》的那位李二哥。二来是因为现在还有些人专爱念这类书，我不便得罪人太多了。顶好，我看是不管别人；我不爱念的就不动好了。好在，我爸爸没希望我成个学者。

第二类书也与咱无缘：书上满是公式，没有一个"然而"和"所以"。据说，这类书里藏着打开宇宙秘密的小金钥匙。我倒久想明白点真理，如地是圆的之类；可是这种书别扭，它老瞪着我。书不老老实实的当本书，瞪人干吗呀？我不能受这个气！有一回，一位朋友给我一本《相对论原理》，他说：明白这个就什么都明白了。我下了决心去念这本宝贝书。读了两个"配纸"，我遇上了一个公式。我跟它"相对"了两点多钟！往后边一看，公式还多了去啦！我知道和它们"相对"下去，它们也许不在乎，我还活着不呢？

可是我对这类书，老有点敬意。这类书和第一类有些不同，我看得出。第一类书不是没法懂，而是懂了以后使我更糊涂。以我现在的理解力——比上我七岁的时候，我现在满可以做圣人了——我能明白"人之初，性本善"。明白完了，紧跟着就糊涂了；昨儿个晚上，我还挨了小女儿——玫瑰唇的小天使——一个嘴巴。我知道这个小天使性本不善，她才两岁。第二类书根本就看不懂，可是人家的纸上没印着一句废话；懂不懂的，人家不闹玄虚，它瞪我，或者我是该瞪。我的心这么一软，便把它好好放在书架上；好打好散，别太伤了和气。

这要说到第三类书了。其实这不该算一类；就这么算吧，顺嘴。这类书是这样的：名气挺大，念过的人总不肯说它坏，没念过的人老怪害羞地说将要念。譬如说《元曲》，太炎"先生"的文章，罗马的悲剧，辛克莱的小说，《大公报》——不知是哪儿出版的一本书——都算在这类里，这些书我也都拿起来过，随手便又放下了。这里还就属那本《大公报》有点劲。我不害羞，永远不说将要念。好些书的广告与威风是很大的，我只能承认那些广告做得不错，谁管它威风不威风呢。

"类"还多着呢，不便再说；有上面的三项也就足以证明我怎样的不高明了。该说读的方法。

怎样读书，在这里，是个自决的问题；我说我的，没勉强谁跟我学。第一，我读书没系统。借着什么，买着什么，遇着什么，就读什么。不懂地放下，使我糊涂地放下，没趣味地放下，不客气。我不能叫书管着我。

第二，读得很快，而不记住。书要都叫我记住，还要书干吗？书应该记住自己。对我，最讨厌的发问是："那个典故是哪儿的呢？""那句书是怎么来着？"我永不回答这样的考问，即使我记得。我又不是印刷机器养的，管你这一套！

读得快，因为我有时候跳过几页去。不合我的意，我就练习跳远。书要是不服气的话，来跳我呀！看侦探小说的时候，我先看最后的几页，省事。

第三，读完一本书，没有批评，谁也不告诉。一告诉就糟："嘿，你读《啼笑因缘》？"要大家都不读《啼笑因缘》，人家写它干吗呢？一批评就糟："尊家这点意见？"我不惹气。读完一本书再打通儿架，不上算。我有我的爱与不爱，存在我自己心里。我爱念什么就念，有什么心得我自己知道，这是种享受，虽然显得自私一点。

再说呢，我读书似乎只要求一点灵感。"印象甚佳"便是好书，我没工夫去细细分析它，所以根本便不能批评。"印象甚佳"有时候并不是全书的，而是书中的一段最入我的味；因为这一段使我对这全书有了好感；其实这一段的美或者正足以破坏了全体的美，但是我不去管；有一段叫我喜欢两天的，我就感谢不尽。因此，设若我真去批评，大概是高明不了。

第四，我不读自己的书，不愿谈论自己的书。"儿子是自己的好"，我还不晓得，因为自己还没有过儿子。有个小女儿，女儿能不能代表儿子，就不得而知。"老婆是别人的好"，我也不敢加以拥护，特别是在家里。但是我准知道，书是别人的好。别人的书自然未必都好，可是至少给我一点我不知道的东西。自己的，一提都头疼！自己的书，和自己的运气，好像永远是一对儿累赘。

第五，哼，算了吧。

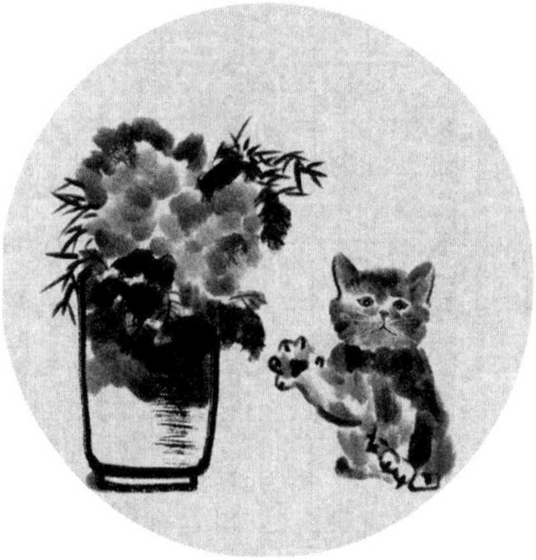

利用零碎时间

（文 / 梁实秋）

我常常听人说，他想读一点书，苦于没有时间。我不太同意这种说法。不管他是多么忙，他总不至于忙得一点时间都抽不出来。一天当中如果抽出一小时来读书，一年就有三百六十五小时，十年就有三千六百五十小时，积少成多，无论研究什么都会有惊人的成绩。零碎的时间最可宝贵，但是也最容易丢弃。

我记得陆放翁有两句诗，"呼僮不应自升火，待饭未来还读书"，这两句诗给我的印象很深。

待饭未来的时候是颇难熬的，用以读书岂不甚妙？

我们的时间往往于不知不觉中被荒废掉。

例如，现在距开会还有五十分钟，于是什么事都不做了，磨磨蹭蹭，五十分钟便打发掉了。如果用这时间读几页书，岂不较为受用？至于在"度周末"的美名之下把时间大量消耗的人，那就更不必论了。他是在"杀时间"，实在也是在杀他自己。

一个人在学校读书的时间是最可羡慕的一段时间，因为他没有生活的负担，时间完全是他自己的。但是很少人充分的把握住这个机会，多多少少的把时间浪费掉了。

学校的教育应该是启发学生好奇求知的心理，鼓励他自动的往图书馆里去钻研。假如一个人在学校读书，从来没有翻过图书馆书目卡片，没有借过书，无论他的功课成绩多么好，我想他将来多半不能有什么成就。

英国的一个政治家兼作者威廉·科尔特（1762—1835）写过一本书《对青年人的劝告》，其中有一段"利用零碎时间"，我觉得很感动人，译抄如下：

文法的学习并不需要减少办事的时间，也不需要占去必须的运动时间。平常在茶馆咖啡馆用掉的时间以及附带着的闲谈所用掉的时间——一年中所浪费掉的时间——如果用在文法的学习上，便会使你在余生中成为一个精确的说话者写作者。

你们不需要进学校，用不着课室，无需费用，没有任何麻烦的情形。

我学习文法是在每日赚六便士当兵卒的时候，床的边沿或岗哨铺位的边沿便是我们研习的座位，我的背包便是我书架子,一小块木板放在腿上便是我的写字台,而这工作并未用掉一整年的工夫。

我没钱去买蜡烛油,在冬天除了火光以外我很难得在夜晚有任何光,而那也只好等到我轮值时才有。

如果我在这种情形之下,既无父母又无朋友给我以帮助与鼓励,居然能完成这工作,那么任何年轻人,无论多穷苦,无论多忙,无论多缺乏房间或方便,可有什么借口不去珍惜时间呢?

为了买一支笔或一张纸,我被迫放弃一部分粮食,虽然是在半饥饿的状态中。在时间上没有一刻钟可以说是属于自己的,我必须在十来个最放肆而又随便的人们之高谈阔论歌唱嘻笑吹哨吵闹当中阅读写作,而且是在他们毫无顾忌的时间里。

莫要轻视我偶尔花掉的头纸笔墨水的那几文钱。那几文钱对于我是一笔大款!除了为我们上市购买食物所需之外,我们每人每星期所得不过是两便士。

我再说一遍,如果我能在此种情形下完成这项工作,世界里可能有一个青年能找出借口说办不到吗?哪一位青年读了我这篇文字,若是还要说没有时间没有机会研习这学问中最重要的一项，他能不羞惭吗？

以我而论，我可以老实讲，我之所以成功，得力于严格遵守我在此讲给你们听的教条者，过于我的天赋的能力；因为天赋能力，无论多少，比较起来用处较少，纵然以严肃和克己来相辅，但如果我在早年没有养成那爱惜光阴之良好习惯。便无法获得现在拥有的知识积累。我在军队获得非常的擢升，有赖于此者胜过其他任何事物。我是"永远有备"；如果我在十点要站岗，我在九点就准备好了：从来没有任何人或任何事在等候我片刻时光。

年过二十岁，从上等兵立刻升到军士长，越过了三十名中士，应该成为大家嫉恨的对象；但是这早起的习惯以及严格遵守我讲给你们听的教条，确曾消灭了那些嫉恨的情绪，因为每个人都觉得我所做的乃是他们所没有做的而且是他们所永不会做的。

随便翻翻

(文 / 鲁迅)

我想讲一点我的当作消闲的读书——随便翻翻。但如果弄得不好，会受害也说不定的。

我最初去读书的地方是私塾，第一本读的是《鉴略》，桌上除了这一本书和习字的描红格，对字(这是作诗的准备)的课本之外，不许有别的书。但后来竟也慢慢地认识字了，一认识字，对于书就发生了兴趣，家里原有两三箱破烂书，于是翻来翻去，大目的是找图画看，后来也看看文字。这样就成了习惯，书在手头，不管它是什么，总要拿来翻一下，或者看一遍序目，或者读几页内容，到得现在，还是如此，不用心，不费力，往往在作义或看非看不可的书籍之后，觉得疲劳的时候，也拿这玩意来作消遣了，而且它也的确能够恢复疲劳。

倘要骗人，这方法很可以冒充博雅。现在有一些老实人，和我闲谈之后，常说我书是看得很多的，略谈一下，我也的确好像书看得很多，殊不知就为了常常随手翻翻的缘故，却并没有本本细看。还有一种很容易到手的秘本，是《四库书目提要》，倘还怕繁，那么，《简明目录》也可以，这可要细看，它能做成你好像看过许多书。不过我也曾用过正经工夫，如什么"国学"之类，请过先生指教，留心过学者所开的参考书目。结果都不满意。有些书目开得太多，要十来年才能看完，我还疑心他自己就没有看；只开几部的较好，可是这须看这位开书目的先生了，如果他是一位糊涂虫，那么，开出来的几部一定也是极顶糊涂书。不看还好，一看就糊涂。

我并不是说，天下没有指导后学看书的先生，有是有的，不过很难得。

这里只说我消闲地看书——有些正经人是反对的，以为这么一来，就"杂"！"杂"，现在又算是很坏的形容词。但我以为也有好处。譬如我们看一家的陈年账簿，每天写着"豆付三文，青菜十文，鱼五十文，酱油一文"，就知先前这几个钱就可买一天的小菜，吃够一家；看一本旧历本，写着"不宜出行，不宜沐浴，不宜上梁"，就知道先前是有这么多的禁忌。看见了宋人笔记里的"食菜事魔"，明人笔记里的"十彪五虎"，就知道"哦呵，原来'古已有之'。"

但看完一部书，都是些那时的名人轶事，某将军每餐要吃三十八碗饭，某先生体重一百七十五斤半；或是奇闻怪事，某村雷劈蜈蚣精，某妇产生人面蛇，毫无益处的也有。这时可得自己有主意了，知道这是帮闲文士所做的书。凡帮闲，他能令人消闲消得最坏，他用的是最坏的方法。倘不小心，被他诱过去。那就坠入陷阱，后来满脑子是某将军的饭量，某先生的体重，蜈蚣精和人面蛇了。

讲扶乩的书，讲婊子的书，倘有机会遇见，不要皱起眉头，显示憎厌之状，也可以翻一翻；明知道和自己意见相反的书，已经过时的书，也用一样的办法。例如杨光先的《不得已》是清初的著作，但看起来，他的思想是活着的，现在意见和他相近的人们正多得很。这也有一点危险，也就是怕被它诱过去。治法是多翻，翻来翻去，一多翻，就有比较，比较是医治受骗的好方子。乡下人常常误认一种硫化铜为金矿，空口是和他说不明白的，或者他还会赶紧藏起来，疑心你要白骗他的宝贝。但如果遇到一点真的金矿，只要用手掂一掂轻重，他就死心塌地：明白了。

"随便翻翻"是用各种别的矿石来比的方法，很费事，没有用真的金矿来比得明白，简单。我看现在的青年常在问人该读什么书，就是要看一看真金，免得受硫化铜的欺骗。而且一识得真金，一面也就真的识得了硫化铜，一举两得了。

但这样的好东西，在中国现有的书里，却不容易得到。我回忆自己的得到一点知识，真是苦得可怜。幼小时候，我知道中国在"盘古氏开辟天地"之后，有三皇五帝，……宋朝，元朝，明朝，"我大清"。到二十岁，又听说"我们"的成吉思汗征服欧洲，是"我们"最阔气的时代。到二十五岁，才知道所谓这"我们"最阔气的时代，其实是蒙古国人征服了中国，我们做了奴才。直到今年八月里，因为要查一点故事，翻了三部蒙古史，这才明白蒙古国人的征服"斡罗思"，侵入匈奥，还在征服全中国之前，那时的成吉思还不是我们的汗，倒是俄人被奴的资格比我们老，应该他们说"我们的成吉思汗征服中国，是我们最阔气的时代"的。

我久不看现行的历史教科书了，不知道里面怎么说；但在报章杂志上，却有时还看见以成吉思汗自豪的文章。事情早已过去了，原没有什么大关系，但也许正有着大关系，而且无论如何，总是说些真实的好。所以我想，无论是学文学的、学科学的，他应该先看一部关于历史的简明而可靠的书。但如果他专讲天王星，或海王星，虾蟆的神经细胞，或只咏梅花，叫妹妹，不发关于社会的议论，那么，自然，不看也可以的。

我自己，是因为懂一点日本文，在用日译本《世界史教程》和新出的《中国社会史》应应急的，都比我历来所见的历史书类说得明确。前一种中国曾有译本，但只有一本，后五本不译了，译得怎样，因为没有见过，不知道。后一种中国倒先有译本，叫作《中国社会发展史》，不过据日译者说，是多错误，有删节，靠不住的。

我还在希望中国有这两部书。又希望不要一哄而来，一哄而散，要译，就译他完；也不要删节，要删节，就得声明，但最好还是译得小心，完全，替作者和读者想一想。

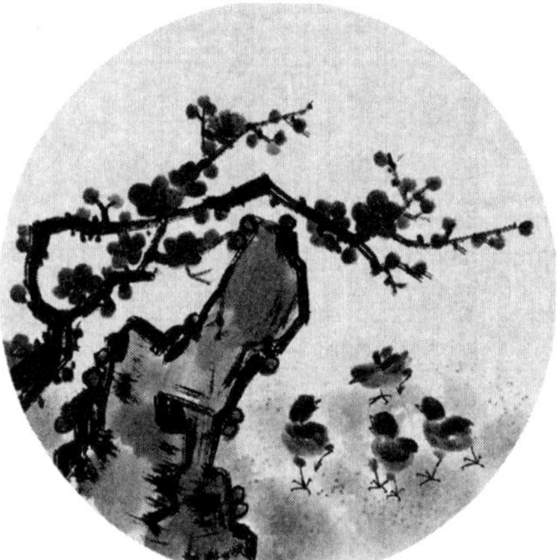

谈读书

（文 / 朱光潜）

朋友：

　　中学课程很多，你自然没有许多时间去读课外书。但是你试抚心自问：你每天真抽不出一点钟或半点钟的工夫么？如果你每天能抽出半点钟，你每天至少可以读三四页，每月可以读一百页，到了一年也就可以读四五本书了。何况你在假期中每天断不会只能读三四页呢？你能否在课外读书，不是你有没有时间的问题，是你有没有决心的问题。

　　世间有许多人比你忙得多。许多人的学问都在忙中做成的。美国有一位文学家、科学家和革命家富兰克林，幼时在印刷局里做小工，他的书都是在做工时抽暇读的。不必远说，你应该还记得，国父孙中山先生，难道你比那位奔走革命席不暇暖的老人家还要忙些么？他生平无论忙到什么地步，没有一天不偷暇读几页书。你只要看他的《建国方略》和《孙文学说》，你便知道他不仅是一个政治家，而且还是一个学者。不读书讲革命，不知道"光"的所在，只是钻头乱撞，终难成功。这个道理，孙先生懂得最清楚的，所以他的学说特别重"知"。

　　人类学问逐天进步不止，你不努力跟着跑，便落伍退后，这固不消说。尤其要紧的是养成读书的习惯，是在学问中寻出一种兴趣。你如果没有一种正常嗜好，没有一种在闲暇时可以寄托你的心神的东西，将来离开学校去做事，说不定要被恶习惯引诱。你不看见现在许多叉麻雀抽鸦片的官僚们绅商们乃至于教员们，不大半由学生出身么？你慢些鄙视他们，临到你来，再看看你的成就罢！但是你如果在读书中寻出一种趣味，你将来抵抗引诱的能力比别人定要大些。这种兴趣你现在不能寻出，将来永不会寻出的。凡人都越老越麻木，你现在已比不上三五岁的小孩子那样好奇、那样兴味淋漓了。你长大一岁，你感觉兴味的锐敏力便须迟钝一分。达尔文在自传里曾经说过，他幼时颇好文学和音乐，壮时因为研究生物学，把文学和音乐都丢开了，到老来他再想拿诗歌来消遣，便寻不出趣味来了。兴味要在青年时设法培养，过了正常时节，便会萎谢。比方打网球，你在中学时欢喜打，你到老都欢喜打。假如你在中学时代错过机会，后来要发愿去学，比登天还要难十倍。养成读书习惯也是这样。

你也许说，你在学校里终日念讲义看课本就是读书吗？讲义课本着意在平均发展基本知识，固亦不可不读。但是你如果以为念讲义看课本，便尽读书之能事，就是大错特错。第一，学校功课门类虽多，而范围究极窄狭。你的天才也许与学校所有功课都不相近，自己在课外研究，去发现自己行之所近的学问。再比方你对于某种功课不感兴趣，这也许并非由于性不相近，只是规定课本不合你的口味。你如果能自己在课外发现好书籍，你对于那种功课的兴趣也许就因而浓厚起来了。第二，念讲义看课本，免不掉若干拘束，想借此培养兴趣，颇是难事。比方有一本小说，平时自由拿来消遣，觉得多么有趣，一旦把它拿来当课本读，用预备考试的方法去读，便不免索然寡味了。兴趣要逍遥自在地不受拘束地发展，所以为培养读书兴趣起见，应该从读课外书入手。

书是读不尽的，就读尽也是无用，许多书没有一读的价值。你多读一本没有价值的书，便丧失可读一本有价值的书的时间和精力；所以你须慎加选择。你自己自然不会选择，须去就教于批评家和专门学者。我不能告诉你必读的书，我能告诉你不必读的书。许多人曾抱定宗旨不读现代出版的新书。因为许多流行的新书只是迎合一时社会心理，实在毫无价值，经过时代淘汰而巍然独存的书才有永久性，才值得读一遍两遍以至于无数遍。我不敢劝你完全不读新书，我却希望你特别注意这一点，因为现代青年颇有非新书不读的风气。别的事都可以学时髦，唯有读书做学问不能学时髦。我所指不必读的书，不是新书，是谈书的书，是值不得读第二遍的书。走进一个图书馆，你尽管看见千卷万卷的纸本子，其中真正能够称为"书"的恐怕难上十卷百卷。你应该读的只是这十卷百卷的书。在这些书中间，你不但可以得较真确的知识，而且可以于无形中吸收大学者治学的精神和方法。这些书才能撼动你的心灵，激动你的思考。其他像"文学大纲""科学大纲"以及杂志报章上的书评，实在都不能供你受用。你与其读千卷万卷的诗集，不如读一部《国风》或《古诗十九首》，你与其谈千卷万卷希腊哲学的书籍，不如读一部柏拉图的《理想国》。

你也许要问我像我们中学生究竟应该读些什么书呢？这个问题可是不易回答。你大约还记得北平京报副刊曾征求"青年必读书十种"，结果有些人所举十种尽是几何代数，有些人所举十种尽是史记汉书。这在旁人看起来似近于滑稽，而应征的人却各抱有一番大道理。本来这种征求的本意，求以一个人的标准做一切人的标准，好像我只喜欢吃面，你就不能吃米，完全是一种错误见解。各人的天资、兴趣、环境、职业不同，你怎么能定出万应灵丹似的十种书，供天下无量数青年读之都能感觉同样趣味发生同样效力？

我为了写这封信给你，特地去调查了几个英国公共图书馆。他们的青年读物部最流行的书可以分为四类：（一）冒险小说和游记，（二）神话和寓言，（三）生物故事，（四）名人传记和爱国小说。就中代表的书籍是凡尔纳的《八十天环游地球》（Jules Verne：Around the World in Eighty Days）和《海底二万浬》（Twenty Thousand Leagues Under the Sea），笛福的《鲁滨孙漂流记》（Defoe：Robinson Crusoe），大仲马的《三剑客》（A.Dumas：Three Musketeers），霍桑的《奇书》和《丹谷闲话》（Hawthorne：Wonder Book and Tangle Wood Tales），金斯利的《希腊英雄传》（Kingsley. The Heroes），法布尔的《鸟兽故事》（Fabre：Story Book of Birds and Beasts），安徒生的《童话》（Andersen：Fairy Tales），骚塞的《纳尔逊传》（Southey：Life of Nelson），房龙的《人类故事》（Vanloon：The Story of

Mankind）之类。这些书在国外虽流行，给中国青年读，却不十分相宜。中国学生们大半是少年老成，在中学时代就欢喜像煞有介事的谈一点学理。他们——你和我自然都在内——不仅欢喜谈谈文学，还要研究社会问题，甚至于哲学问题。这既是一种自然倾向，也就不能漠视，我个人的见解也不妨提起和你商量商量。十五六岁以后的教育宜注重发达理解，十五六岁以前的教育宜注重发达想象。所以初中的学生们宜多读想象的文字，高中的学生才应该读含有学理的文字。

谈到这里，我还没有答复应读何书的问题。老实说，我没有能力答复，我自己便没曾读过几本"青年必读书"，老早就读些壮年必读书。比方在中国书里，我最欢喜《国风》《庄子》《楚辞》《史记》《古诗源》《文选》中的书笺，《世说新语》《陶渊明集》《李太白集》《花间集》，张惠言《词选》《红楼梦》等等。在外国书里，我最欢喜济慈、雪莱、柯尔律治、布朗宁诸人的诗集，索福克勒斯的七悲剧，莎士比亚的《哈姆雷特》（Shakespeare：Hamlet）、《李尔王》（King Lear）和《奥瑟罗》，歌德的《浮士德》（Goethe：Fasuts），易卜生的戏剧集，屠格涅夫的《处女地》（Virgin Soil）和《父与子》（Fathers and

Children），陀思妥也夫斯基的《罪与罚》（Dostoyevsky: Crime and Punishment），福楼拜的《包法利夫人》（Flaubert: Madame Bovary），莫泊桑的小说集，小泉八云（Lafcadio Hearn）关于日本的著作等等。如果我应北平京报副刊的征求，也许把这些古董洋货捧上，凑成"青年必读书十种"。但是我知道这是荒谬绝伦。所以我现在不敢答复你应读何书的问题。你如果要知道，你应该去请教你所知的专门学者，请他们各就自己所学范围以内指定三两种青年可读的书。你如果请一个人替你面面俱到地设想，比方他是学文学的人，他也许明知青年必读书应含有社会问题科学常识等等，而自己又没甚把握，姑且就他所知的一两种拉来凑数，你就像问道于盲了。同时，你要知道读书好比探险，也不能全靠别人指导，你自己也须得费些工夫去搜求。我从来没有听见有人按照别人替他定的"青年必读书十种"或"世界名著百种"读下去，便成就一个学者。别人只能介绍，抉择还要靠你自己。

关于读书方法。我不能多说，只有两点须在此约略提起。第一，凡值得读的书至少须读两遍。第一遍须快读，着眼在醒豁全篇大旨与特色。第二遍须慢读，须以批评态度衡量书的内容。第二，读过一本书，须笔记纲要和精彩的地方和你自己的意见。记笔记不特可以帮助你记忆，而且可以逼得你仔细，刺激你思考。记着这两点，其他琐细方法便用不着说。各人天资习惯不同，你用那种方法收效较大，我用那种方法收效较大，不是一概论的。你自己终究会找出你自己的方法，别人绝不能给你一个方单，使你可以"依法炮制"。

你嫌这封信太冗长了罢？下次谈别的问题，我当力求简短。再会！

你的朋友　孟实

我年轻时读什么书

（文 / 沈从文）

每个人认了不少单字，到应当读书的年龄时，家中大人必为他选择种种"好书"阅读。这些好书在"道德"方面照例毫无瑕疵，在"兴味"方面也照例十分疏忽。中国的好书其实皆只宜于三四十岁人阅读，这些大人的书既派归小孩子来读，自然有很大的影响，就是使小孩子怕读书，把读书认为是件极其痛苦的事情。

有些小孩从此成为半痴，有些小孩就永远不肯读书了。一个人真真得到书的好处，也许是能够自动看书时，就家中所有书籍随手取来一本两本加以浏览，因之对书发生浓厚兴趣，且受那些书影响成一个人。

我第一次对于书发生兴味，得到好处，是五木医书。（我那时已读完了《幼学琼林》与《龙文鞭影》，"四书"也已成诵。这几种书简直毫无意义。）从医书中我知道鱼刺卡喉时，用猫口中涎液可以治愈。小孩子既富于实验精神，家中恰好又正有一只花猫，因此凡家中人被鱼刺卡着时，我就把猫捉来，实验那丹方的效果。又知道三种治癣疥的丹方，其一，用青竹一段，烧其一端，就一端取汁，据说这水汁就了不得。其二，用古铜钱烧红淬入醋里，又是一种好药。其三，烧枣核存性，用鸡蛋黄炒焙出油来，调枣核末，专治癞痢头。这部书既充满了有幻术意味的丹方，常常可实验，并且因这种应用上使我懂得许多药性，记得许多病名。

我第二次对于书发生兴味，得到好处，是一部《西游记》。前一书若养成我一点幼稚的实验的科学精神，后一书却培养了我的幻想。使我明白与科学精神相反那一面种种的美丽。这本书混合了神的尊严与人的谐趣——一种富于泥土气息的谐趣。当时觉得它是部好书，到如今尚以为比许多堂皇大著还好。它那安排故事刻画人物的方法，就是个值得注意的方法。读书人千年来，皆称赞《项羽本纪》，说句公道话，《项羽本纪》中那个西楚霸王，他的神气只能活在书生脑子里。至于《西游记》上的猪悟能，他虽时时刻刻腾云驾雾，（驾的是黑云！）依然是个人。他世故，胆小心虚，又贪取一点小便宜，而且处处还装模作样，却依然是个很可爱的活人。读者——尤其是青年读者——若想在书籍中找寻朋友，猪悟能比楚霸王好像更是个好朋友。我第三次看的是一部兵书，上面有各种套彩阵营的图说，各种火器的图说，看来很有趣味。家中原本愿意我世袭云骑尉，我也以为将门出将是件方便事情。不过看了那兵书残本以后，他给了我一个转机。第一，证明我体力不够统治人；第二，证明我行为受拘束忍受不了，且无拘束别人行为的兴味。而且那书上几段孙吴治兵的心法，太玄远抽象了，不切于我当前的生活，从此以后我的机会虽只许可我做将军，我却放下这种机会，成为一个自由人了。这三种书帮助我，影响我，也就形成我性格的全部。

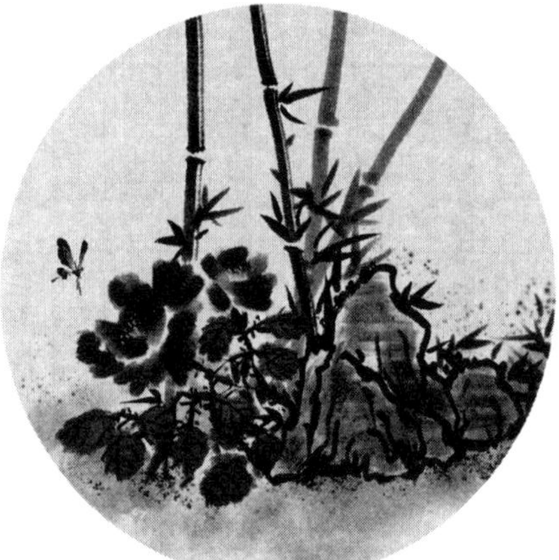

我读一本小书同时又读一本大书

(文 / 沈从文)

我能正确记忆到我小时的一切,大约在两岁。我从小到四岁左右,始终健全肥壮如一只小豚。四岁时母亲一面告给我认方字,外祖母一面便给我糖吃,到认完六百生字时,腹中生了蛔虫,弄得黄瘦异常,只得每天用草药蒸鸡肝当饭。那时节我就已跟随了两个姐姐,到一个女先生处上学。那人既是我的亲戚,我年龄又那么小,过那边去念书,坐在书桌边读书的时节较少,坐在她膝上玩的时间或者较多。

到六岁时,我的弟弟方两岁,两人同时出了疹子。时正六月,日夜皆在吓人高热中受苦。又不能躺下睡觉,一躺下就咳嗽发喘。又不要人抱,抱时全身难受。我还记得我同我那弟弟两人当时皆用竹簟卷好,同春卷一样,竖立在屋中阴凉处。家中人当时业已为我们预备了两具小小棺木搁在廊下。十分幸运,两人到后居然全好了。我的弟弟病后家中特别为他请了一个壮实高大的苗妇人照料,照料得法,他便壮大异常。我因此一病,却完全改了样子,从此不再与肥胖为缘，成了个小猴儿精了。

六岁时我已单独上了私塾。如一般风气，凡是私塾中给予小孩子的虐待，我照样也得到了一份。但初上学时我因为在家中业已认字不少，记忆力从小又似乎特别好，故比较其余小孩，可谓十分幸福。第二年后换了一个私塾，在这私塾中我跟从了几个较大的学生，学会了顽劣孩子抵抗顽固塾师的方法，逃避那些书本枯燥文句去同一切自然相亲近。这一年的生活形成了我一生性格与感情的基础。我间或逃学，且一再说谎，掩饰我逃学应受的处罚。我的爸爸因这件事十分愤怒，有一次竟说若再逃学说谎，便当砍去我一个手指。我仍然不为这话所恐吓，机会一来时总不把逃学的机会轻轻放过。当我学会了用自己眼睛看世界一切，到不同社会中去生活时，学校对于我便已毫无兴味可言了。

我爸爸平时本极爱我，我曾经有一时还做过我那一家的中心人物。稍稍害点病时，一家人便光着眼睛不睡眠，在床边服侍我，当我要谁抱时谁就伸出手来。家中那时经济情形还很好，我在物质方面所享受到的，比起一般亲戚小孩似乎皆好得多。我的爸爸既一面只做将军的好梦，一面对于我却怀了更大的希望。他仿佛早就看出我不是个军人，不希望我做将军，却告诉我祖父的许多勇敢光荣的故事，以及他庚子年间所得的一份经验。他因为欢喜京戏，只想我学戏，作谭鑫培。他以为我不拘做什么事，总之应比做个将军高些。第一个赞美我明慧的就是我的爸爸。可是当他发现了我成天从塾中逃出到太阳底下同一群小流氓游荡，任何方法都不能拘束这颗小小的心，且不能禁止我狡猾地说谎时，我的行为实在伤了这个军人的心。同时那小我四岁的弟弟，因为看护他的苗妇人照料十分得法，身体养育得强壮异常，年龄虽小，便显得气派宏大，凝静结实，且极自重自爱，故家中人对我感到失望时，对他便异常关切起来。这小孩子到后来也并不辜负家中人的期望，二十二岁时便做了步兵上校。至于我那个爸爸，却在内蒙古自治区、东北、西藏自治区，各地处军队中混过，1931年时还只是一个上校，在本地土著军队里做军医（后改为中医院长），把将军希望留在弟弟身上，在家乡从一种极轻微的疾病中便瞑目了。

我有了外面的自由，对于家中的爱护反觉处处受了牵制，因此家中人疏忽了我的生活时，反而似乎使我方便了好些。领导我逃出学塾，尽我到日光下去认识这大千世界微妙的光，稀奇的色，以及万汇百物的动静，这人是我一个张姓表哥。他开始带我到他家中橘柚园中去玩,到城外山上去玩,到各种野孩子堆里去玩,到水边去玩。他教我说谎,用一种谎话对付家中,又用另一种谎话对付学塾,引诱我跟他各处跑去。即或不逃学,学塾为了担心学童下河洗澡,每到中午散学时,照例必在每人手心中用朱笔写一大字,我们尚依然能够一手高举,把身体泡到河水中玩个半天。这方法也亏那表哥想出的。我感情流动而不凝固,一派清波给予我的影响实在不小。我幼小时较美丽的生活,大部分都同水不能分离。我的学校可以说是在水边的。我认识美,学会思索,水对我有较大的关系。我最初与水接近,便是那荒唐表哥领带的。

现在说来,我在做孩子的时代,原来也不是个全不知自重的小孩子。我并不愚蠢。当时在一班表兄弟中和弟兄中,似乎只有我那个哥哥比我聪明,我却比其他一切孩子懂事。但自从那表哥教会我逃学后,我便成为毫不自重的人了。在各样教训各样的方法管束下,我不欢喜读书的性情,从塾师方面,从家庭方面,从亲戚方面,莫不对于我感觉得无多希望。我的长处到那时只是种种的说谎。我非从学塾逃到外面空气下不可,逃学过后又得逃避处罚。我最先所学,同时拿来致用的，也就是根据各种经验来制作各种谎话。我的心总得为一种新鲜声音，新鲜颜色，新鲜气味而跳。我得认识本人生活以外的生活。我的智慧应当从直接生活上吸收消化，却不须从一本好书一句好话上学来。似乎就只这样一个原因，我在学塾中，逃学纪录点数，在当时便比任何一人都高。

离开私塾转入新式小学时，我学的总是学校以外的。到我出外自食其力时，我又不曾在职务上学好过什么，二十年后我"不安于当前事务，却倾心于现世光色，对于一切成例与观念皆十分怀疑，却常常为人生远景而凝眸"，这分性格的形成，便应当溯源于小时在私塾中逃学习惯。

自从逃学成习惯后，我除了想方设法逃学，什么也不再关心。

有时天气坏一点，不便出城上山里去玩，逃了学没有什么去处，我就一个人走到城外庙里去。本地大建筑在城外计三十来处，除了庙宇就是会馆和祠堂。空地广阔，因此均为小手工业工人所利用。那些庙里总常常有人在殿前廊下绞绳子，织竹簟，做香，我就看他们做事。有人下棋，我看下棋。有人打拳，我看打拳。甚至于相骂，我也看看，看他们如何骂来骂去，如何结果。因为自己既逃学，走到的地方必不能有熟人，所到的必是较远的庙里。到了那里，既无一个熟人，因此什么事都只好用耳朵听，眼睛去看，直到看无可看听无可听时，我便应当设计打量我怎么回家去的方法了。

来去学校我得拿一个书篮。内中有十多本破书，由《包句杂志》《幼学琼林》到《论语》《诗经》《尚书》通常得背诵。分量相当沉重。逃学时还把书篮挂到手肘上，这就未免太蠢了一点。凡这么办的可以说是不聪明的孩子。许多这种小孩子，因为逃学到各处去，人家一见就认得出，上年纪一点的人见到时就会说："逃学的，赶快跑回家挨打去，不要在这里玩。"若无书篮可不会受这种教训。因此我们就想出了一个方法，把书篮寄存到一个土地庙里去。那地方无一个人看管，但谁也用不着担心他的书篮。小孩子对于土地神全不缺少必需的敬畏，都信托这木偶，把书篮好好的藏到神座龛子里去，常常同时有五个或八个，到时却各人把各人的拿走，谁也不会乱动旁人的东西。我把书篮放到那地方去，次数是不能记忆了的，照我想来，次数最多的必定是我。

逃学失败被家中学校任何一方面发觉时，两方面总得各挨一顿打。在学校得自己把板凳搬到孔夫子牌位前，伏在上面受笞。处罚过后还要对孔夫子牌位作一揖，表示忏悔。

有时又常常罚跪至一根香时间。我一面被处罚跪在房中的一隅，一面便记着各种事情，想象恰好生了一对翅膀，凭经验飞到各样动人事物上去。按照天气寒暖，想到河中的鳜鱼被钓起离水以后拨刺的情形，想到天上飞满风筝的情形，想到空山中歌唱的黄鹂，想到树木上累累的果实。由于最容易神往到种种屋外东西上去，反而常把处罚的痛苦忘掉，处罚的时间忘掉，直到被唤起以后为止，我就从不曾在被处罚中感觉过小小冤屈。那不是冤屈。我应感谢那种处罚，使我无法同自然接近时，给我一个练习想象的机会。

　　家中对这件事自然照例不大明白情形，以为只是教师方面太宽的过失，因此又为我换一个教师。我当然不能在这些变动上有什么异议。这事对我说来，我倒又得感谢我的家中。因为先前那个学校比较近些，虽常常绕道上学，终不是个办法，且因绕道过远，把时间耽误太久时，无可托词。现在的学校可真很远很远了，不必包绕偏街，我便应当经过许多有趣味的地方了。从我家中到那个新的学塾里去时，路上我可看到针铺门前永远必有一个老人戴了极大的眼镜，低下头来在那里磨针。又可看到一个伞铺，大门敞开，做伞时十几个学徒一起工作，尽人欣赏。又有皮靴店，大胖子皮匠，天热时总腆出一个大而黑的肚皮（上面有一撮毛！）用夹板上鞋。又有剃头铺，任何时节总有人手托一个小小木盘，呆呆的在那里尽剃头师傅刮脸。又可看到一家染坊，有强壮多力的苗人，踹在凹形石碾上面，站得高高的，手扶着墙上横木，偏左偏右的摇荡。又有三家苗人打豆腐的作坊，小腰白齿头包花帕的苗妇人，时时刻刻口上都轻声唱歌，一面引逗缚在身背后包单里的小苗人，一面用放光的红铜勺舀取豆浆。我还必须经过一个豆粉作坊，远远的就可听到骡子推磨隆隆的声音，屋顶棚架上晾满白粉条。我还得经过一些屠户肉案桌，可看到那些新鲜猪肉砍碎时尚在跳动不止。我还得经过一家扎冥器出租花轿的铺子，有白面无常鬼，蓝面阎罗王，鱼龙，轿子，金童玉女。每天且可以从他那里看出有多少人接亲，有多少冥器，那些定做的作品又成就了多少，换了些什么式样。并且还常常停顿下来，看他们贴金敷粉，涂色，一站许久。

我就欢喜看那些东西，一面看一面明白了许多事情。

每天上学时，我照例手肘上挂了那个竹书篮，里面放十多本破书。在家中虽不敢不穿鞋，可是一出了大门，即刻就把鞋脱下拿到手上，赤脚向学校走去。不管如何，时间照例是有多余的,因此我总得绕一节路玩玩。若从西城走去,在那边就可看到牢狱,大清早若干人带了脚镣从牢中出来,派过衙门去挖土。若从杀人处走过,昨天杀的人还没有收尸,一定已被野狗把尸首咋碎或拖到小溪中去了,就走过去看看那个糜碎了的尸体,或拾起一块小小石头,在那个污秽的头颅上敲打一下,或用一木棍去戳戳,看看会动不动。若还有野狗在那里争夺,就预先拾了许多石头放在书篮里,随手一一向野狗抛掷,不再过去,只远远地看看,就走开了。

既然到了溪边,有时候溪中涨了小小的水,就把裤管高卷,书篮顶在头上,一只手扶着,一只手照料裤子,在沿了城根流去的溪水中走去,直到水深齐膝处为止。学校在北门,我出的是西门,又进南门,再绕从城里大街一直走去。在南门河滩方面我还可以看一阵杀牛,机会好时恰好正看到那老实可怜畜牲放倒的情形。因为每天可以看一点点,杀牛的手续同牛内脏的位置,不久也就被我完全弄清楚了。再过去一点就是边街,有织簟子的铺子,每天任何时节皆有几个老人坐在门前小凳子上,用厚背的钢刀破篾,有两个小孩子蹲在地上织簟子。(我对于这一行手艺所明白的种种,现在说来似乎比写字还在行。)又有铁匠铺,制铁炉同风箱皆占据屋中，大门永远敞开着，时间即或再早一些，也可以看到一个小孩子两只手拉着风箱横柄，把整个身子的分量前倾后倒，风箱于是就连续发出一种吼声，火炉上便放出一股臭烟同红光。待到把赤红的热铁拉出搁放到铁砧上时，这个小东西，赶忙舞动细柄铁锤，把铁锤从身背后扬起，在身面前落下，火花四溅的一下一下打着。有时打的是一把刀，有时打的是一件农具。有时看到的又是这个小学徒跨在一条大板凳上，用一把凿子在未淬水的刀上起去铁皮，有时又是把一条薄薄的钢片嵌进熟铁里去。日子一多，关于任何一件铁器的制造秩序，我也不会弄错了。边街又有小饭铺，门前有个大竹筒，插满了用竹子削成的筷子。有干鱼同酸菜，用钵头装满放在门前柜台上。引诱主顾上门，意思好像是说，"吃我，随便吃我，好吃！"每次我总仔细看看，真所谓"过屠门而大嚼"，也过了瘾。

我最欢喜天上落雨，一落了小雨，若脚下穿的是布鞋，即或天气正当十冬腊月，我也要以用恐怕湿却鞋袜为辞，有理由即刻脱下鞋袜赤脚在街上走路。但最使人开心事，还是落过大雨以后，街上许多地方已被水所浸没，许多地方阴沟中涌出水来，在这些地方照例常常有人不能过身，我却赤着两脚故意向深水中走去。若河中涨了大水，照例上游会漂流得有木头、家具、南瓜同其他东西，就赶快到横跨大河上的桥上去看热闹。桥上必已经有人用长绳系定了自己的腰身，在桥头上呆着，注目水中，有所等待。看到有一段大木或一件值得下水的东西浮来时，就踊身一跃，骑到那树上，或傍近物边，把绳子缚定，自己便快快的向下游岸边泅去。另外几个在岸边的人把水中人援助上岸后，就把绳子拉着，或缠绕到大石上大树上去，于是第二次又有第二人来在桥头上等候。我欢喜看人在泅水里扳罾，巴掌大的活鲫鱼在网中蹦跳。一涨了水，照例也就可以看这种有趣味的事情。照家中规矩，一落雨就得穿上钉鞋，我可真不愿意穿那种笨重钉鞋。虽然在半夜时有人从街巷里过身，钉鞋声音实在好听，大白天对于钉鞋，我依然毫无兴味。

若在四月落了点小雨，山地里田塍上各处都是蟋蟀声音，真使人心花怒放。在这些时节，我便觉得学校真没有意思，简直坐不住，总得想方设法逃学上山去捉蟋蟀。有时没有什么东西安置这小东西，就走到那里去，把第一只捉到手后又捉第二只，两只手各有一只后，就听第三只。本地蟋蟀原分春秋二季，春季的多在田间泥里草里，秋季的多在人家附近石罅里瓦砾中，如今既然这东西只在泥层里，故即或两只手心各有一匹小东西后，我总还可以想方设法把第三只从泥土中赶出，看看若比较手中的大些，即开释了手中所有，捕捉新的，如此轮流换去，一整天方捉回两只小虫。城头上有白色炊烟，街巷里有摇铃铛卖煤油的声音，约当下午三点左右时，赶忙走到一个刻花板的老木匠那里去，很兴奋的同那木匠说："师傅师傅，今天可捉了大王来了！"

那木匠便故意装成无动于衷的神气，仍然坐在高凳上玩他的车盘，正眼也不看我的说："不成，要打打得赌点输赢！"我说："输了替你磨刀成不成？"

"嗨，够了，我不要你磨刀，你哪会磨刀！上次磨凿子还磨坏了我的家伙！"

这不是冤枉我，我上次的确磨坏了他一把凿子。不好意思再说磨刀了，我说：

"师傅，那这样办法，你借给我一个瓦盆子，让我自己来试试这两只谁能干些好不好？"我说这话时真怪和气，为的是他以逸待劳，若不允许我还是无办法。

那木匠想了望，好像莫可奈何才让步的样子。"借盆子得把战败的一只给我，算作租钱。"

我满口答应:"那成,那成。"

于是他方离开车盘,很慷慨地借给我一个泥罐子,顷刻之间我就只剩下一只蟋蟀了。这木匠看看我捉来的虫还不坏,必向我提议:"我们来比比,你赢了我借你这泥罐一天;你输了,你把这蟋蟀输给我,办法公平不公平?"我正需要那么一个办法,连说"公平,公平",于是这木匠进去了一会儿,拿出一只蟋蟀来同我的斗,不消说,三五回合我的自然又败了。他的蟋蟀照例却常常是我前一天输给他的。那木匠看看我有点颓丧,明白我认识那匹小东西,担心我生气时一摔,一面赶忙收拾盆罐,一面带着鼓励我神气笑笑地说:"老弟,老弟,明天再来,明天再来!你应当捉好的来,走远一点。明天来,明天来!"

我什么话也不说,微笑着,出了木匠的大门,空手回家了。

这样·整天在为雨水泡软的田塍上乱跑,回家时常常全身是泥,家中当然一望而知,于是不必多说,沿老例跪一根香,罚关在空房子里,不许哭,不许吃饭。等一会儿我自然可以从姐姐方面得到充饥的东西。悄悄地把东西吃下以后,我也疲倦了,因此空房中即或再冷一点,老鼠来去很多,一会儿就睡着，再也不知道如何上床的事了。

即或在家中那么受折磨，到学校去时又免不了补挨一顿板子。我还是在想逃学时就逃学，决不为经验所恐吓。

有时逃学又只是到山上去偷人家园地里的李子枇杷，主人拿着长长的竹竿大骂着追来时，就飞奔而逃，逃到远处一面吃那个赃物，一面还唱山歌气那主人，总而言之，人虽小小的，两只脚跑得很快，什么茨棚里钻去也不在乎，要捉我可捉不到，就认为这种事很有趣味。

可是只要我不逃学，在学校里我是不至于像其他那些人受处罚的。我从不用心念书，但我从不在应当背诵时节无法对付。许多书总是临时来读十遍八遍，背诵时节却居然朗朗上口，一字不遗。也似乎就由于这份小小聪明，学校把我同一般同学一样待遇，更使我轻视学校。家中不了解我为什么不想上进，不好好的利用自己聪明用功，我不了解家中为什么只要我读书，不让我玩。我自己总以为读书太容易了点，把认得的字记记那不算什么稀奇。最稀奇处应当是另外那些人，在他那分习惯下所做的一切事情。为什么骡子推磨时得把眼睛遮上？为什么刀得烧红时在水里一淬方能坚硬？为什么雕佛像的会把木头雕成人形，所贴的金那么薄又用什么方法作成？为什么小铜匠会在一块铜板上钻那么一个圆眼，刻花时刻得整整齐齐？这些古怪事情太多了。

我生活中充满了疑问题，都得我自己去找寻解答。我要知道的太多，所知道的又太少，有时便有点发愁。就为的是白日里太野，各处去看，各处去听，还各处去嗅闻，死蛇的气味，腐草的气味，屠户身上的气味，烧碗处土窑被雨以后放出的气味，要我说来虽当时无法用言语去形容，要我辨别却十分容易。蝙蝠的声音，一只黄牛当屠户把刀劙进它喉中时叹息的声音，藏在田塍土穴中大黄喉蛇的鸣声，黑暗中鱼在水面拨刺的微声，全因到耳边时分量不同，我也记得那么清清楚楚。因此回到家里时。夜间我便做出无数稀奇古怪的梦。这些梦直到将近二十年后的如今，还常常常使我在半夜时无法安眠，既把我带回到那个"过去"的空虚里去，也把我带往空幻的宇宙里去。

在我面前的世界已够宽广了，但我似乎还得一个更宽广的世界。我得用这方面得到的知识证明那方面的疑问。我得从比较中知道谁好谁坏。我得看许多业已由于好询问别人，以及好自己幻想所感觉到的世界上的新鲜事情新鲜东西。

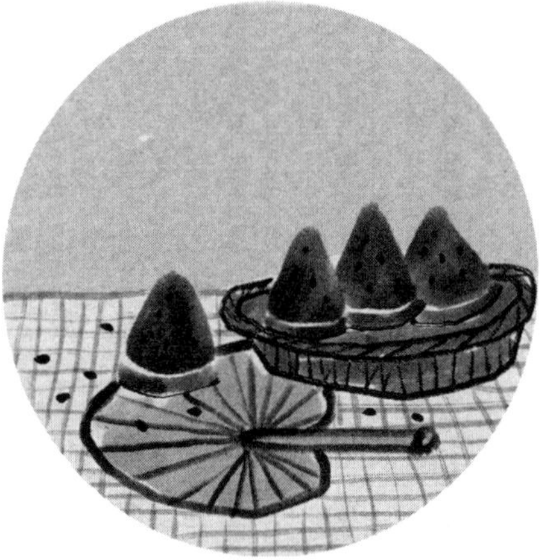

我的苦读经验

（文 / 丰子恺）

我于一九一九年，二十二岁的时候，毕业于杭州的浙江省立第一师范学校。这学校是初级师范。我在故乡的高等小学毕业，考入这学校，在那里肄业五年而毕业。故这学校的程度，相当于现在的中学校，不过是以养成小学教师为目的的。

但我于暑假时在这初级师范毕业后，既不作小学教师，也不升学，却就在同年的秋季，来上海创办专门学校，而作专门科的教师了。这种事情，现在我自己回想想也觉得可笑。但当时自有种种的因缘，使我走到这条路上。因缘者何？因为我是偶然入师范学校的，并不是抱了做小学教师的目的而入师范学校的。（关于我的偶然入师范，现在属于题外，不便详述。异日拟另写一文，以供青年们投考的参考。）故我在校中只是埋头攻学，并不注意于教育。在四年级的时候，我的兴味忽然集中在图画上了。甚至抛弃其他一切课业而专习图画，或托事请假而到西湖上去作风景写生。所以我在校的前几年，学期考试的成绩屡列第一名，而毕业时已降至第二十名。因此毕业之后，当然无意于作小学教师，而希望发挥自己所热衷的图画。但我的家境不许我升学而专修绘画。正在踌躇之际，恰好有同校的高等师范图画手工专修科毕业的吴梦非君，和新从日本研究音乐而归国的旧同学刘质平君，计议在上海创办一个养成图画音乐手工教员的学校，名曰专科师范学校。他们正在招求同人。刘君知道我热衷于图画而又无法升学，就来拉我去帮办。我也不自量力，贸然地答允了他。于是我就做了专科师范的创办人之一，而在这学校之中教授西洋画等课了。这当然是很勉强的事。我所有关于绘画的学识，不过在初级师范时偷闲画了几幅木炭石膏模型写生，又在晚上请校内的先生教些日本文，自己向师范学校的藏书楼中借得一部日本明治年间出版的《正则洋画讲义》，从其中窥得一些陈腐的绘画知识而已。我犹记得，这时候我因为自己只有一点对于石膏模型写生的兴味，故竭力主张"忠实写生"的画法，以为绘画以忠实模写自然为第一要义。又向学生演说，谓中国画的不忠于写实，为其最大的缺点；自然中含有无穷的美，唯能忠实于自然模写者，方能发现其美。就拿自己在师范学校时放弃了晚间的自修课而私下在图画教室中费了十七小时而描成的Venus

头像的木炭画揭示学生，以鼓励他们的忠实写生。当一九二〇年的时代，而我在上海的绘画专门学校中励行这样的画风，现在回想起来，真是闭门造车。然而当时的环境，颇能容纳我这种教法。因为当时中国宣传西洋画的机关绝少，上海只有一所美术专门学校，专科师范是第二个兴起者。当时社会上人士，大半尚未知道西洋画为何物，或以为美女月份牌就是西洋画的代表，或以为香烟牌子就是西洋画的代表。所以在世界上看来我虽然是闭门造车，但在中国之内，我这种教法大可卖野人头呢。但野人头终于不能常卖，后来我渐渐觉得自己的教法陈腐而有破绽了，因为上海宣传西洋画的机关日渐多起来，从东西洋留学归国的西洋画家也时有所闻了。我又在上海的日本书店内购得了几册美术杂志，从中窥知了一些最近西洋画界的消息，以及日本美术界的盛况，觉得从前在《正则洋画讲义》中所得的西洋画知识，实在太陈腐而狭小了。虽然别的绘画学校并不见有比我更新的教法，归国的美术家也并没有什么发表，但我对于自己的信用已渐渐丧失，不敢再在教室中扬眉瞬目而卖野人头了。我懊悔自己冒昧地当了这教师。我在布置静物写生标本的时候，曾为了一只青皮的橘子而起自伤之念，以为我自己犹似一只半生半熟的橘子，现在带着青皮卖掉，给人家当作习画标本了。我想窥见西洋画的全豹，我也想到东西洋去留学，做了美术家而归国。但是我的境遇不许我留学。况且我这时候已经有了妻子。做教师所得的钱，赡养家庭尚且不够，哪里来留学的钱呢？经过了许久烦恼的日月，终于决定非赴日本不可。我在专科师范中当了一年半的教师，在一九二一年的早春，向我的姊丈周印池君借了四百块钱（这笔钱我才于两三年前还他。我很感谢他第一个惠我的同情），就抛弃了家庭，独自冒险地到东京去了。得去且去，以后的问题以后再说。至少，我用完了这四百块钱而回国，总得看一看东京美术界的状况了。

但到了东京之后，就有许多关切的亲戚朋友，设法接济我的经济。我的岳父给我约了一个一千元的会，按期寄洋钱给我，专科师范的同人吴刘二君，亦各以金钱相遗赠，结果我一共得了约二千块钱，在东京维持了足足十个月的用度，到了同年的冬季，金尽而返国。这一去称为留学嫌太短，称为旅行嫌太长，成了三不像的东西。同时我的生活也是三不像的。我在这十个月内，前五个月是上午到洋画研究会中去习画，下午读日本文。后五个月废止了日本文，而每日下午到音乐研究会中去学提琴，晚上又去学英文。然而各科都常常请假，拿请假的时间来参观展览会，听音乐会，访图书馆，看opera，以及游玩名胜，钻旧书店，跑夜摊（Yomise）。因为这时候我已觉悟了各种学问的深广，我只有区区十个月的求学时间，决不济事。不如走马看花，吸呼一些东京艺术界的空气而回国吧。幸而我对于日本文，在国内时已约略懂得一点，会话也早已学得了几声。到东京后，旅舍中唤茶、商店中买物等事，勉强能够对付。我初到东京的时候，随了众同国人入东亚预备学校学习日语，嫌其程度太低，教法太慢，读了几个礼拜就辍学。自己异想天开，为了学习日本语的目的，向一个英语学校的初级班报名，每日去听讲两小时。他们是从a boy, a dog教起的，所用的英文教本与开明第一英文读本程度相同。对于英文我已完全懂得，我的目的是要听这位日本先生怎样地用日本语来解说我所已懂得的英文，便在这时候偷取日本语会话的决窍，这异想天开的办法果然成功了。我在那英语学校里听了一个月讲，果然于日语会话及听讲上获得了很多的进步。同时看书的能力也进步起来。本来我只能看《正则洋画讲义》一类的刻板的叙述体文字，现在连《不如归》和《金色夜叉》（日本旧时很著名的两部小说）都会读了。我的对于文学的兴味，是从这时候开始的。以后我就为了学习英语的目的而另入一英语学校。我报名入最高的一班，他们教我读伊尔文的Sketch Book。这时候我方才知道英文中有这许多难记的生字（我在师范学校毕业时只读到《天方夜谭》）。兴味一浓，我便嫌先生教得太慢。后来在旧书店里找到了一册Sketch Book讲义录，内有详细的注解和日译文，我确信这可以自修，便辍了学，每晚伏在东京的旅舍中自修Sketch Book。我自己限定于几个礼拜之内把此书中所有一切生字抄写在一张图画纸上，把每字剪成一块块的纸牌，放在一只匣子中。每天晚上，像摸数算命一般地向匣子中探摸纸牌，温习生字。不久生字都记诵，Sketch Book全部都会读，而读起别的英语小说来也很自由了。路上遇见英语学校的同学，询知道他们只教了全书的几分之一，我心中觉得非常得意。从此我对于学问相信用机械的方法而下苦功。知识这样东西，要其能够于应用，分量原是有限的。我们要获得一种知识，可以先定一个范围，立一个预算，每日学习若干，则若干日可以学毕，然后每日切实地实行，非大故不准间断，如同吃饭一样。照我当时的求学的勇气预算起来，要得各种学问都不难：东西洋知名的几册文学大作品，我可以克日读完；德文法文等，我都可以依赖各种自修书而在最短时期内学得读书的能力；提琴教则本Homahmn五册，我能每日练习四小时而在一年之内学毕；除了绘画不能硬要进步以外，其余的学问，在我都可以用机械的用功方法来探求其门径。然而这都是梦想，我的正式求学的时间只有十个月，能学得几许的学问呢？我回国之后，回想在东京所得的，只是描了十个月的木炭画，拉完了三本Homahmn，此外又带了一些读日本文和读英文的能力而回国。回国之后，我为了生活和还债，非操职业不可。没有别的职业可操，只得仍旧做教师。一直做到了今年的秋季。十年来我不断地在各处的学校中做图画音乐或艺术理论的教师。一场重大的伤寒病令我停止了教师的生活。现在蛰居在嘉兴的穷巷老屋中，伴着了药炉茶灶而写这篇稿子。

故我出了中学以后，正式求学的时期只有可怜的十个月。此后都是非正式的求学，即在教课的余暇读几册书而已。但我的绘画音乐的技术，从此日渐荒废了。因为技术不比别的学问，需要种种的设备，又需要每日不断的练习时间。研究绘画须有画室，研究音乐须有乐器，设备不周就无从用功。停止了几天，笔法就生疏，手指就僵硬。做教师的人，居处无定，时间又无定，教课准备又忙碌，虽有利用课余以研究艺术的梦想，但每每不能实行。日久荒废更甚。我的油画箱和提琴，久已高搁在书橱的最高层，其上积着寸多厚的灰尘了。手痒的时候，拿毛笔在废纸上涂抹，偶然成了那种漫画。口痒的时候，在口琴上吹奏简单的旋律，令家里的孩子们和着了唱歌，聊以慰藉我对于音乐的嗜好。世间与我境遇相似而酷嗜艺术的青年们，听了我的自述，恐要寒心吧！

但我幸而还有一种可以自慰的事，这便是读书。我的正式求学的十个月，给了我一些阅读外国文的能力。读书不像研究绘画音乐地需要设备，也不像研究绘画音乐地需要每日不断地练习。只要有钱买书，空的时候便可阅读。我因此得在十年的非正式求学期中读了几册关于绘画、音乐艺术等的书籍，知道了世间的一些些事。我在教课的时候，常把自己所读过的书译述出来，给学生们做讲义。后来有朋友开书店，我乘机把这些讲义稿子交他刊印为书籍，不期地走到了译著的一条路上。现在我还是以读书和译著为生活。回顾我的正式求学时代，初级师范的五年只给我一个学业的基础，东京的十个月间的绘画音乐的技术练习已付诸东流。独有非正式求学时代的读书，十年来一直随伴着我，慰藉我的寂寥，扶持我的生活。这真是以前所梦想不到的偶然的结果。我的一生都是偶然的，偶然入师范学校，偶然欢喜绘画音乐，偶然读书，偶然译著，此后正不知还要逢到何种偶然的机缘呢。

读我这篇自述的青年诸君！你们也许以为我的读书生活是幸运而快乐的；其实不然，我的读书是很苦的。你们都是正式求学，正式求学可以堂堂皇皇地读书，这才是幸运而快乐的。但我是非正式求学，我只能伺候教课的余暇而偷偷隐隐地读书。做教师的人，上课的时候当然不能读书，开议会的时候不能读书，监督自修的时候也不能读书，学生课外来问难的时候又不能读书，要预备明天的教授的时候又不能读书。担任了他一小时的功课，便是这学校的先生，便有参加议会、监督自修、解答问难、预备教授的义务；不复为自由的身体，不能随了读书的兴味而读书了。我们读书常被教务所打断，常被教务所分心，决不能像正式求学的诸君的专一。所以我的读书，不得不用机械的方法而下苦功，我的用功都是硬做的。

我在学校中，每每看见用功的青年们，闲坐在校园里的青草地上，或桃花树下，伴着了蜂蜂蝶蝶、燕燕莺莺，手执一卷而用功。我羡慕他们，真像潇洒的林下之士！又有用功的青年们，拥着棉被高枕而卧在寝室里的眠床中，手执一卷而用功。我也羡慕他们，真像耽书的大学问家！有时我走近他们去，借问他们所读为何书，原来是英文数学或史地理化，他们是在预备明天的考试。这使我更加要羡慕煞了。他们能用这样轻快闲适的态度而研究这类知识科学的书，岂真有所谓"过目不忘"的神力么？要是我读这种书，我非吃苦不可。我须得埋头在案上，行种种机械的方法而用笨功，以硬求记诵。诸君倘要听我的笨话，我愿把我的笨法子一一说给你们听。

在我，只有诗歌、小说、文艺，可以闲坐在草上花下或奄卧在眠床中阅读。要我读外国语或知识学科的书，我必须用笨功。请就这两种分述之。

第一，我以为要通一国的国语，须学得三种要素，即构成其国语的材料、方法，以及其语言的腔调。材料就是"单语"，方法就是"文法"，腔调就是"会话"。我要学得这三种要素，都非行机械的方法而用笨功不可。

"单语"是一国语的根底。任凭你有何等的聪明力，不记单语决不能读外国文的书，学生们对于学科要求伴着趣味，但谙记生字极少有趣味可伴，只得劳你费点心了。我的笨法子即如前所述，要读Sketch Book，先把Sketch Book中所有的生字写成纸牌，放在匣中，每天摸出来记诵一遍。记牢了的纸牌放在一边，记不牢的纸牌放在另一边，以便明天再记。每天温习已经记牢的字，勿使忘记。等到全部记诵了，然后读书，那时候便觉得痛快流畅。其趣味颇足以抵偿摸纸牌时的辛苦。我想熟读英文字典，曾统计字典上的字数，预算每天记诵二十个字，若干时日可以记完。但终于未曾实行。倘能假我数年正式求学的日月，我一定已经实行这计划了。因为我曾仔细考虑过，要自由阅读一切的英语书籍，只有熟读字典是最根本的善法。后来我向日本购买一册《和英根底一万语》，假如其中一半是我所已知的，则每天记二十个字，不到一年就可记完，但这计划实行之后，终于半途而废。阻碍我的实行的，都是教课。记诵《和英根底一万语》的计划，现在我还保留在心中，等候实行的机会呢。我的学习日本语，也是用机械的硬记法。在师范学校时，就在晚上请校中的先生教日语。后来我买了一厚册的《日语完璧》，把后面所附的分类单语，用前述的方法一一记诵。当时只是硬记，不能应用，且发音也不正确；后来我到了日本，从日本人的口中听到我以前所硬记的单语，实证之后，我脑际的印象便特别鲜明，不易忘记。这时候的愉快也很可以抵偿我在国内硬记时的辛苦。这种愉快使我甘心消受硬记的辛苦，又使我始终确信硬记单语是学外国语的最根本的善法。

关于学习"文法"，我也用机械的笨法子。我不读文法教科书，我的机械的方法是"对读"。例如拿一册英文圣书和一册中文圣书并列在案头，一句一句地对读。积起经验来，便可实际理解英语的构造和各种词句的腔调。圣书之外，他种英文名著和名译，我亦常拿来对读。日本有种种英和对译丛书，左页是英文，右页是日译，下方附以注解。我曾从这种丛书得到不少的便利。文法原是本于论理的，只要论理的观念明白，便不学文法，不分noun与verb亦可以读通英文。但对读的态度当然是要非常认真。须要一句一字地对勘，不解的地方不可轻轻通过，必须明白了全句的组织，然后前进。我相信认真地对读几部名作，其功效足可抵得学校中数年英文教科。——这也可说是无福享受正式求学的人的自慰的话；能入学校中受先生教导，当然比自修更为幸福。我也知道入学是幸福的，但我真犯贱，嫌它过于幸福了。自己不费钻研而袖手听讲，由先生拖长了时日而慢慢地教去，幸福固然幸福了，但求学心切的人怎能耐烦呢？求学的兴味怎能不被打断呢？学一种外国语要拖长许久的时日，我们的人生有几回可供拖长呢？语言文字，不过是求学问的一种工具，不是学问的本身。学些工具都要拖长许久的时日，此生还来得及研究几许学问呢？拖长了时日而学外国语，真是俗语所谓"拉得被头直，天亮了！"我固然无福消受入校正式求学的幸福；但因了这个理由，我也不愿消受这种幸福，而宁愿独自来用笨功。

关于"会话"，即关于言语的腔调的学习，我又喜用笨法子。学外国语必须通会话。与外国人对晤当然须通会话，但自己读书也非通会话不可。因为不通会话，不能体会语言的腔调；腔调是语言的神情所寄托的地方，不能体会腔调，便不能彻底理解诗歌小说戏剧等文学作品的精神。故学外国语必须通会话。能与外国人共处，当然最便于学会话。但我不幸而没有这种机会，我未曾到过西洋，我又是未到东京时先在国内自习会话的。我的学习会话，也用笨法子，其法就是"熟读"。我选定了一册良好而完全的会话书，每日熟读一课，克期读完。熟读的方法更笨，说来也许要惹人笑。我每天自己上一课新书，规定读十遍。计算遍数，用选举开票的方法，每读一遍，用铅笔在书的下端划一笔，便凑成一个字。不过所凑成的不是选举开票用的"正"字，而是一个"讀"字。例如第一天读第一课，读十遍，每读一遍画一笔，便在第一课下面画了一个"言"字旁和一个"士"字头。第二天读第二课，亦读十遍，亦在第二课下面画一个"言"字和一个"士"字，继续又把昨天所读的第一课温习五遍，即在第一课的下面加了一个"四"字。第三天在第三课下画一"言"字和"士"字，继续温习昨日的第二课，在第二课下面加一"四"字，又继续温习前日的第一课，在第一课下面再加了一个"目"字。第四天在第四课下面画一"言"字和一"士"字，继续在第三课下加一"四"字，第二课下加一"目"字，第一课下加一"八"字，到了第四天而第一课下面的"讀"字方始完成。这样下去，每课下面的"讀"字，逐一完成。"讀"字共有二十二笔，故每课共读二十二遍，即生书读十遍，第二天温五遍，第三天又温五遍，第四天再温二遍。故我的旧书中，都有铅笔画成的"讀"字，每课下面有了一个完全的"讀"字，即表示已经熟读了。这办法有些好处：分四天温习，屡次反复，容易读熟。我完全信托这机械的方法，每天像和尚念经一般地笨读。但如法读下去，前面的各课自会逐渐地从我的唇间背诵出来，这在我又感得一种愉快，这愉快也足可抵偿笨读的辛苦，使我始终好笨而不迁。会话熟读的效果，我于英语尚未得到实证的机会，但于日本语我已经实证了。我在国内时只是笨读，虽然发音和语调都不正确，但会活的资料已经完备了。故一听到日本人的说话，就不难就自己所已有的资料而改正其发音和语调，比较到了日本而从头学起来的，进步快速得多。不但会话，我又常从对读的名著中选择几篇自己所最爱读的短文，把它分为数段，而用前述的笨法子按日熟读。例如Stevenson和夏目漱石的作品，是我所最喜熟读的材料。我的对于外国语的理解，和对于文学作品的理解，都因了这熟读的方法而增进一些。这益使我始终好笨而不迁了。——以上是我对于外国语的学习法。

第二，对于知识学科的书的读法，我也有一种见地：知识学科的书，其目的主要在于事实的报告；我们读史地理化等书，亦无非欲知道事实。凡一种事实，必有一个系统。分门别类，源源本本，然后成为一册知识学科的书。读这种书的第一要点，是把握其事实的系统。即读者也须原原本本地谙记其事实的系统，却不可从局部着手。例如研究地理，必须原原本本地探求世界共分几大洲，每大洲有几国，每国有何种山川形胜等。则读毕之后，你的头脑中就摄取了地理的全部学问的梗概，虽然未曾详知各国各地的细情，但地理是什么样一种学问，我们已经知道了。反之，若不从大处着眼，而孜孜从事于局部的记忆，即使你能背诵喜马拉雅山高几尺，尼罗河长几里，也只算一种零星的知识，却不是研究地理。故把握系统，是读知识学科的书籍的第一要点。头脑清楚而记忆力强大的人，凡读一书，能处处注意其系统，而在自己的头脑中分门别类，作成井然的条理；虽未看到书中详叙细事的地方，亦能知道这详叙位在全系统中哪一门哪一类哪一条之下，及其在全部中重要程度如何。这仿佛在读者的头脑中画出全书的一览表，我认为这是知识书籍的最良的读法。

　　但我的头脑没有这样清楚，我的记忆力没有这样强大。我的头脑中地位狭窄，画不起一览表来。倘教我闲坐在草上花下或奄卧在眠床中而读知识学科的书，我读到后面便忘记前面。终于弄得条理不分，心烦意乱，而读书的趣味完全灭杀了。所以我又不得不用笨法子。我可用一本notebook来代替我的头脑,在notebook中画出全书的一览表。所以我读书非常吃苦,我必须准备了notebook和笔,埋头在案上阅读。读到纲领的地方,就在notebook上列表,读到重要的地方,就在notebook上摘要。读到后面,又须时时翻阅前面的摘记,以朗此章此节在全体中的位置。读完之后,我便抛开书籍,把notebook上的一览表温习数次。再从这一览表中摘要,而在自己的头脑中画出一个极简单的一览表。于是这部书总算读过了。我凡读知识学科的书,必须用notebook摘录其内容的一览表。所以十年以来,积了许多的notebook,经过了几次迁居损失之后,现在的废书架上还留剩着半尺多高的一堆notebook呢。

我没有正式求学的福分,我所知道于世间的一些些事,都是从自己读书而得来的;而我的读书,都须用上述的机械的笨法子。所以看见闲坐在青草地上,桃花树下,伴着了蜂蜂蝶蝶、燕燕莺莺而读英文数学教科书的青年学生,或拥着棉被高枕而卧在眠床中读史地理化教科书的青年学生,我羡慕得真要怀疑!

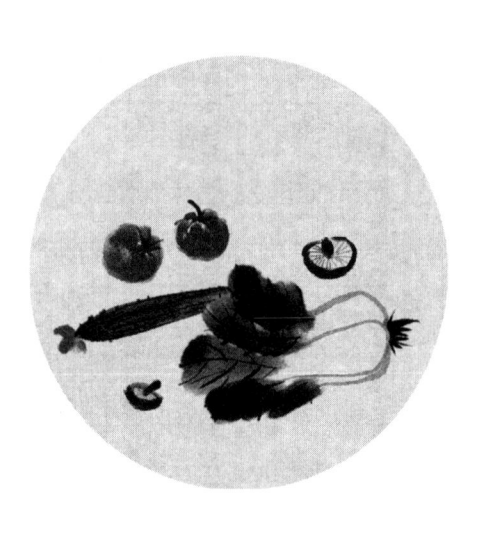

读　书

（文／胡适）

为学要如金字塔，要能广大要能高。

科学的根本精神在于求真理。

无目的读书是散步而不是学习。

朋友们，在你最悲观最失望的时候，那正是你必须鼓起坚强的信心的时候。你要深信：天下没有白费的努力。成功不必在我，而功力必不唐捐。

"读书"这个题，似乎很平常，也很容易。然而我却觉得这个题目很不好讲。据我所知，"读书"可以有三种说法：

（1）要读何书。

关于这个问题，《京报副刊》上已经登了许多时候的"青年必读书"；但是这个问题，殊不易解决，因为个人的见解不同，个性不同。各人所选只能代表各人的嗜好，没有多大的标准作用。所以我不讲这一类的问题。

（2）读书的功用。

从前有人作"读书乐"，说什么"书中自有千钟粟，书中自有黄金屋，书中自有颜如玉"，现在我们不说这些话了。要说，读书是求知识，智识就是权力。这些话都是大家会说的，所以我也不必讲。

（3）读书的方法。

我今天是要想根据个人的经验，同诸位谈谈读书的方法。我的第一句话是很平常的，就是说，读书有两个要素：第一要精；第二要博。

现在先说什么叫"精"。

我们小的时候读书，差不多每个小孩都有一条书签，上面写十个字，这十个字最普遍的就是"读书三到：眼到，口到，心到"。现在这种书签虽不用，三到的读书法却依然存在。不过我以为读书三到是不够的；须有四到，是："眼到，口到，心到，手到"。我就拿它来说一说。

眼到是要个个字认得，不可随便放过。这句话起初看去似乎很容易，其实很不容易。读中国书时，每个字的一笔一画都不放过。近人费许多工夫在校勘学上，都因古人忽略一笔一画而已。读外国书要把a，b，c，d等字母弄得清清楚楚。所以说这是很难的。如有人翻译英文，把"port"看作"pork"，把"oats"看作"oaks"，于是葡萄酒一变而为猪肉，小草变成了大树。说起来这种例子很多，这都是眼睛不精细的结果。书是文字做成的，不肯仔细认字，就不必读书。眼到对于读书的关系很大，一时眼不到，贻害很大，并且眼到能养成好习惯，养成不苟且的人格。

口到是一句一句要念出来。前人说口到是要念到烂熟背得出来。我们现在虽不提倡背书，但有几类的书，仍旧有熟读的必要，如心爱的诗歌，如精彩的文章，熟读多些，于自己的作品上也有良好的影响。读此外的书，虽不须念熟，也要一句一句念出来，中国书如此，外国书更要如此。念书的功用是能使我们格外明了每一句的构造，句中各部分的关系。往往一遍念不通，要念两遍以上，方才能明白的。读好的小说尚且要如此，何况读关于思想学问的书呢？

心到是每章每句每字意义如何？何以如是？这样用心考究。但是用心不是叫人枯坐冥想，是要靠外面的设备及思想的方法的帮助。要做到这一点，须要有几个条件：

（1）字典，辞典，参考书等工具要完备。这几样工具虽不能办到，也当到图书馆去看。我个人的意见是奉劝大家，当衣服，卖田地，至少要置备一点好的工具。比如买一本韦氏大字典，胜于请几个先生。这种先生终身跟着你，终身享受不尽。

（2）要做文法上的分析。用文法的知识，做文法上的分析，要懂得文法构造，方才懂得它的意义。

（3）有时要比较参考，有时要融会贯通，方能了解。不可单看字面。一个字往往有许多意义，读者容易上当。

例如"turn"这字：作外动字解有十五解，作内动字解有十三解，作名词解有二十六解，共五十四解，而成语不算。

又如"strike"：作外动字解有三十一解，作内动字解有十六解，作名词解有十八解，共六十五解。

又如"go"字最容易了，然而这个字：作内动字解有二十二解，作外动字解有三解，作名词解有九解，共三十四解。

以上是英文字须要加以考究的例。英文字典是完备的；但是某一字在某一句究竟用第几个意义呢？这就非比较上下文，或贯穿全篇，不能懂了。

中文较英文更难，现在举几个例：

祭文中第一句"维某年月日"之"维"字，究作何解？字典上说它是虚字。《诗经》里"维"字有二百多，必须细细比较研究，然后知道这个字有种种意义。

又《诗经》之"于"字，"之子于归""凤凰于飞"

等句,"于"字究作何解?非仔细考究是不懂的。又"言"字,人人知道,但在《诗经》中就发生问题,必须比较,然后知"言"字为连接字。诸如此例甚多。中国古书很难读,古字典又不适用,非是用比较归纳的研究方法,我们如何懂得呢?

总之,读书要会疑,忽略过去,不会有问题,便没有进益。

宋儒张载说:"读书先要会疑。于不疑处有疑,方是进矣。"他又说:"在可疑而不疑者,不曾学。学则须疑。"又说:"学贵心悟,守旧无功。"

宋儒程颐说:"学源于思。"

这样看起来,读书要求心到;不要怕疑难,只怕没有疑难。工具要完备,思想要精密,就不怕疑难了。

现在要说手到。手到就是要劳动劳动你的贵手。读书单靠眼到,口到,心到,还不够的;必须还得自己动动手,才有所得。例如:

(1)标点分段,是要动手的。

(2)翻查字典及参考书,是要动手的。

(3)做读书札记,是要动手的。

札记又可分四类：

（1）抄录备忘。

（2）作提要，节要。

（3）自己记录心得。张载说："心中苟有所开，即便札记。不则还塞之矣。"

（4）参考诸书，融会贯通，作有系统的著作。

手到的功用。我常说：发表是吸收智识和思想的绝妙方法。吸收进来的智识思想，无论是看书来的，或是听讲来的，都只是模糊零碎，都算不得我们自己的东西。自己必须做一番手脚，或做提要，或做说明，或做讨论，自己重新组织过，申叙过，用自己的语言记述过——那种智识思想方才可算是你自己的了。

我可以举一个例。你也会说"进化"，他也会谈"进化"，但你对于"进化"这个观念的见解未必是很正确的，未必是很清楚的；也许只是一种"道听途说"，也许只是一种时髦的口号。这种知识算不得知识，更算不得是"你的"知识。假使你翻了几天书之后，发愤动手，把你研究所得写成一篇读书札记；假使你真动手写了这么一篇《我为什么相信进化论》的札记列举了：

(1)生物学上的证据;(2)比较解剖学上的证据;(3)比较胚胎学上的证据;(4)地质学和古生物学上的证据;(5)考古学上的证据;(6)社会学和人类学上的证据。

到这个时候,你所有关于"进化论"的知识,经过了一番组织安排,经过了自己的去取叙述,这时候这些知识方才可算是你自己的了。所以我说,发表是吸收的利器;又可以说,手到是心到的法门。

至于动手标点,动手翻字典,动手查书,都是极要紧的读书秘诀,诸位千万不要轻轻放过。内中自己动手翻书一项尤为要紧。我记得前几年我曾劝顾颉刚先生标点姚际恒的《古今伪书考》。当初我知道他的生活困难,希望他标点一部书付印,卖几个钱。那部书是很薄的一本,我以为他一两个星期就可以标点完了。那知顾先生一去半年,还不曾交卷。原来他于每条引的书,都去翻查原书,仔细校对,注明出处,注明原书卷第,注明删节之处。他动手半年之后,来对我说,《古今伪书考》不必付印了,他现在要编辑一部疑古的丛书,叫作"辨伪丛刊"。我很赞成他这个计划,让他去动手。他动手了一两年之后,更进步了,又超过那"辨伪丛刊"的计划了,他要自己创作了。他前年以来,对于中国古史，做了许多辨伪的文字；他眼前的成绩早已超过崔述了，更不要说姚际恒了。顾先生将来在中国史学界的贡献一定不可限量，但我们要知道他成功的最大原因是他的手到的工夫勤而且精。我们可以说，没有动手不勤快而能读书的，没有手不到而能成学者的。

第二要讲什么叫"博"。

什么书都要读，就是博。古人说："开卷有益"，我也主张这个意思，所以说读书第一要精，第二要博。我们主张"博"有两个意思：第一，为预备参考资料计，不可不博。第二，为做一个有用的人计，不可不博。

第一，为预备参考资料计。

在座的人，大多数是戴眼镜的。诸位为什么要戴眼镜？岂不是因为戴了眼镜，从前看不见的，现在看得见了；从前很小的，现在看得很大了；从前看不分明的，现在看得清楚分明了？

王荆公说得最好：

世之不见全经久矣。读经而已，则不足以知经。故某自百家诸子之书，至于《难经》《素问》《本草》诸小说，无所不读；农夫女工，无所不问；然后于经为能知其大体而无疑。盖后世学者与先王之时异矣；不如是，不足以尽圣人故也。……致其知而后读，以有所去取，故异学不能乱也。惟其不能乱，故能有所去取者，所以明吾道而已。（《答曾子固》）。

他说："致其知而后读。"又说："读经而已，则不足以知经。"即如《墨子》一书在一百年前，清朝的学者懂得此书还不多。到了近来，有人知道光学、几何学、力学、工程学……一看《墨子》，才知道其中有许多部分是必须用这些科学的知识方才能懂的。后来有人知道了伦理学、心理学……懂得《墨子》更多了。读别种书愈多，《墨子》愈懂得多。

所以我们也说，读一书而已则不足以知一书。多读书，然后可以专读一书。譬如读《诗经》，你若先读了北大出版的《歌谣周刊》，便觉得《诗经》好懂的多了；你若先读过社会学、人类学，你懂得更多了；你若先读过文字学、古音韵学，你懂得更多了；你若读过考古学、比较宗教学等，你懂得的更多了。

你要想读佛家唯识宗的书吗？最好多读点伦理学、心理学、比较宗教学、变态心理学。无论读什么书总要多配几副好眼镜。

你们记得达尔文研究生物进化的故事吗？达尔文研究生物演变的现状，前后凡三十多年，积了无数材料，想不出一个简单贯串的说明。有一天他无意中读马尔萨斯的人口论，忽然大悟生存竞争的原则，于是得着物竞天择的道理，遂成一部破天荒的名著，给后世思想界打开一个新纪元。

所以要博学者，只是要加添参考的材料，要使我们读书时容易得"暗示"；遇着疑难时，东一个暗示，西一个暗示，就不至于呆读死书了。这叫作"致其知而后读"。

第二，为做人计。

利用专工一技一艺的人，只知一样，除此之外，一无所知。这一类的人，影响于社会很少。好有一比，比一根旗杆，只是一根孤拐，孤单可怜。

又有些人广泛博览，而一无所专长，虽可以到处受一班贱人的欢迎，其实也是一种废物。这一类人，也好有一比，比一张很大的薄纸，禁不起风吹雨打。

在社会上，这两种人都是没有什么大影响，为个人计，也很少乐趣。

理想中的学者，既能博大，又能精深。精深的方面，是他的专门学问。博大的方面,是他的旁搜博览。博大要几乎无所不知,精深要几乎惟他独尊,无人能及。他用他的专门学问做中心,次及于直接相关的各种学问,次及于间接相关的各种学问,次及于不很相关的各种学问,以次及毫不相关的各种泛览。这样的学者也有一比,比埃及的金字三角塔。那金字塔(据最近《东方杂志》第22卷第6号,147页)高四百八十英尺(约150米),底边各边长七百六十四英尺(约233米)。塔的最高度代表最精深的专门学问;从此点依次递减,代表那旁收博览的各种相关或不相关的学问。塔底的面积代表博大的范围,精深的造诣,博大的同情心。这样的人,对社会是极有用的人才,对自己也能充分享受人生的趣味。宋儒程颢说得好:

须是大其心使开阔:譬如为九层之台,须大做脚始得。

博学正所以"大其心使开阔"。我曾把这番意思编成两句粗浅的口号,现在拿出来贡献给诸位朋友,作为读书的目标:学要如金字塔,要能广大要能高。

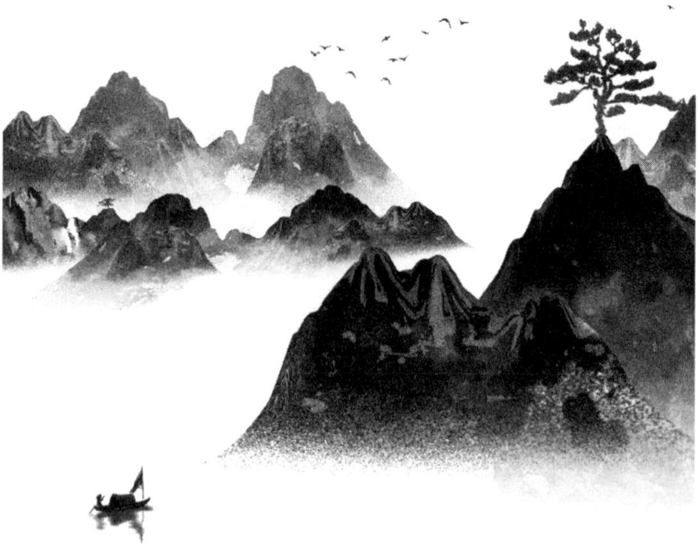

第三章　人生需要文学

"言之无文，行之不远。"

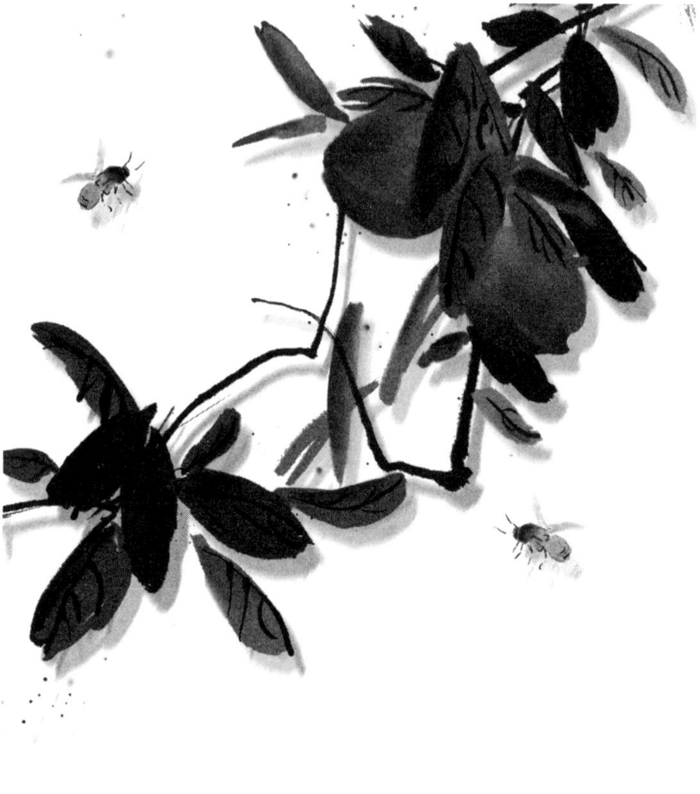

青年与文艺

（文 / 老舍）

　　青年们喜爱文学是当然的，不是怪事，也不是坏事。从学校教育上说，青年们血气方刚，正需要文艺作品来感动感化；从社会教育上说，文艺既然是社会的自觉与人生的镜鉴，大家若能从年轻的时候有些文艺上的爱好与欣赏力，必能对将来做人处世大有裨益，而且能慢慢地把社会上一般的文化水准提高，所以说，青年们喜爱文艺不是怪事，也不是坏事。

　　不过，读了几本小说或戏剧可不许马上就以文艺青年自居。在一个教育发达的国家里，读书正如同游泳或旅行，是每个公民在生活上必然要做的事，只有在不懂得运动的社会里，才会有一人游水，大家站在一旁看热闹的现象；同样的，只有教育不发达的社会里，才会有一人读书，大家莫名其妙，而这一位先生也很容易自命不凡，以秀才或文艺青年自居了。要知道，对文艺的认识并不是件很容易的事；说到文艺批评与创作就更难了。假若只因为读了几册文艺作品而自称为文艺青年,不但仅仅落个浮浅可笑,而且有时候足以耽误了自己。比如说,甲是个高中的学生,有相当的聪明,在课外喜读文艺书籍;因为他比别的同学多读了几本小说、诗集、剧本,同学们也许就呼之为文学家;当办壁报什么的时候,大家也许就推举他主编。自傲心是最普遍的毛病,甲既受人推重,也许就难免傲然以文学家自居了。从此他也许就感觉到学校里的文艺教育不足,从而为了加紧文艺的自修,而把别项功课放松,甚至到考试的时候,代数或物理不能及格;功课不及格是多么难堪的事,可是在难堪之中他往往爽性鄙视一切,而说为了文艺可以牺牲一切,以自慰。这是很大很大的错误,要知道,教育是整个的,生在今日的社会里,不明白物理正如同不明白文艺一样可耻,每个人都须在中学里得到足以够做个现代人的基本知识:在有了种种基本知识以后,才能谈到个人的天才发展。就是还以文艺作品来说吧,近三十年来的西洋小说,甚至于诗的里边,都不可避免的谈到科学,或应用天文、物理、化学中的道理阐明或设喻;假若你不明白科学,你就连这样的小说或诗也读不懂,还说什么自己成为文艺家呢?!自然科学而外,社会科学更是今日文艺作家必须知道的,否则你连今日社会现象中所蕴含的科学真理还不知道，怎能捉到那些问题呢？！假若一个青年读了些古时候的吟风弄月之作，而就放下代数与经济学，他至好也不过只能照样的吟风弄月，即使他有些天才，能把风与月吟弄得相当的漂亮巧妙，那也不过是些小玩意儿，简直与现代的社会人生无关！

在抗战前，我屡屡被约去帮忙看大学生试验的国文卷子，虽然我没有正式的做过统计，可是在这一点经验中我的笔发现了这个事实——国文卷子好的往往是投考理科的，投考文学系的反倒没有很好的国文成绩。

还有一件事也正好乘这个机会提出来，就是无论中外许多有名的文艺写家都并不是学文学的人；医生、律师……都有成为名写家的，而大学文学系毕业生反倒不一定能创作出什么来。

上面这两个事实使我们知道文艺的天才并不像稻粒可以煮饭，麦粒可以磨面，那么只有一个用处，而是像一块肥美的地土，可以出麦，也可以出别的粮食。一个好的医生可以成为一个好的作家，行医与写文的才能并无根本的妨克；反之，行医的经验反能使写作的资料丰富。

想想看吧，假若一位十七八岁的青年便抛弃了其他的一切，而醉心于文艺；一天到晚什么也别管，只抱着几本小说什么的读念，他能有什么用呢？不错，小说或戏剧中能给他一些人生经验与指示，可是那些经验都是间接的、过去的，并不能算作读者自己的、当时的。不错，读文艺的名著却能使他明白一些词字的遣使和结构的方法等等；但是文艺并没有一成不变的作法，每个作家都有他自己的手段与方法，照猫画虎绝不是好法子。

说到这里，就不妨提出文艺青年这一名词了。首先要问，谁是文艺青年？假若他是初中的学生，据我看，他就该去入高中，同样，他若是高中的学生，就该入大学，顶好是在大学毕业后，有了学识，有了经验，再谈文艺创作。不错，在历史中的确有没有读过什么书而能写出很好文章来的人，但是这样的人并不很多，而且他所写的也都是积多年的经验与困苦而成，并非偶然。一个渔夫，一个樵子，一个乞丐，都能写出打鱼打柴讨饭的真经验，可是他们须先得到那经验，不能胡说。至于打算写一些更广遍更重要的社会问题，恐怕又不是去打二十年鱼，或做五年乞丐，所能办到的了。学问、经验、修养、努力，加上文艺天才，方能产生一个作家。此中的任何一项也不是可以偶然获得的。因此，假若文艺青年这名词而能存在的话，他们必定是为了文艺而对其他的学科热烈地进攻，他们要对一切进攻，不是逃避。为了文艺，他们要去参加一切所能参加的工作与活动，以获得直接的经验。为了文艺，他们虚心忍耐。发表欲，在这摩登时代里，几乎可与食色之欲并列了；但是，从古至今，发表过的文章是那么多，可有几篇值得一读的呢？发表了不就是成功了，要虚心！为了文艺，须抱定永远学习、永远不自满的态度。忍耐，不许急，不许取巧，不许只抱着一本批评理论假充行家。一个文艺青年必须活到八十岁还是青年！

那么，一个文艺青年就太不容易当了？是的，连拉洋车也并不容易；把事情看得太容易的人大概不易成功。今天，大家都吵嚷没有伟大的作品啊！在许多原因之中，恐怕大家把文艺看得太轻而易举也是个重要的原因。我不敢批评别人，只说我自己吧，我根本就不够格；以我的学问、经验、天才，公公道道的说，我只能做个相当好的小学校长或初中的国文教员，文艺写家差得太多，太多了！论文艺的教养，我少年时和方唯一先生学过诗文，不能说开口乳吃的不好；对西洋文学，我看过不少名作，从十三四岁到今天已经三十年，我可以夸口说：我始终在努力自修。可是，我知道什么？除去读过的那些文艺书籍，我什么也不懂！不懂而假充懂，是可耻的事，我晓得。但是，生活已经入了轨，既走入文艺一途，改行就大不容易；结果呢，终年拿着笔而写不出任何高明东西来，自误误人莫甚于此！学问不够，生活不够，是我的致命伤！

文艺青年！即使你的读书能力比我大着十倍，我三十年中所读过的书，你也须三年才能看完。假使你能苦读三年，还不是和我一样，所读的不过是些文艺书籍，知道了科学吗？知道了社会上任何一桩事吗？我知道自己空虚，所以希望你充实，绝没有怕你抢去我的饭碗的意思；我知道自己渺小，所以希望你伟大，伟大不伟大是由种种条件决定，不是由心中一想便能成功的。你喜爱文艺，好事，你常动动笔，好事，你爱谈论文艺，好事，可是，万万不可因此而放弃了别的学科，万万不可因发表了一篇小立而想马上成为个职业的写家。假若你不相信我，我说，你将来的后悔与苦痛也必不减于我，我向来不说谎话！

文学里的"幽默"

（文 / 梁实秋）

我们常在文字言谈中间遇见"幽默"二字，幽默到底是什么东西？据说，想寻求幽默的定义的人，就是缺乏幽默。大概幽默是不容有定义的，此其所以为幽默。但是我们既是缺乏幽默了，索性不幽默的来问问：幽默到底是什么东西？

幽默是humour的译音。humour又怎么讲呢？这个字的意义曾经有过剧烈的变迁，可分为几个阶段来讲：

（一）字源出于拉丁文之humorem，其意义为"湿气""液体"。这是这个字的原来的意思。自从这个字变成了英国字以后，它的原来的意义亦并未消失，自14世纪到17世纪末，英国文学中不少按照原意使用这字的例。

（二）这个字传到英国，除原义以外，还有另外一义，那便是根据古代及中古之生理学，认定人的身体里面含有四种幽默，即四种液体——热血、冷血、黄胆汁、黑胆汁。一个人的身体和性质的特征，便是要看这四种幽默的配合的情形而定的。例如冷血特多的人便是性情迟滞，黑胆汁特多的便是性情忧郁，黄胆汁特多的人易怒，热血特多的人活泼。这有一点像我们中国的五行之说，不过他们是四行罢了。由这一种意义，我们可以知道"幽默"一名词有由"物质的"转趋于"心理的"变化了。这变化也是在14世纪就有了。

（三）在英国戏剧中，班章孙的"幽默的喜剧"，是很著名的。他用"幽默"这名词是差不多完全撇掉它的原义，把"幽默"的意义完全变为一种心理状态，变为ruling passion，变为怪僻的性格，变为奇特的脾气或嗜好。怪僻的性格和奇特的脾气，描写起来，自然的趋于"夸张""古怪"。

（四）由不自觉的一种脾气变为自觉的一种态度，这便是"幽默"一名词之近代的涵义之来源。性格怪僻、行为古怪的人同是一个"幽默者"；即善能发现别人或自己之怪僻古怪，或善于发现一切事体之矛盾冲突，他也便是一位"幽默家"了。英国19世纪小说大家（也是一位幽默家）萨克莱在英美及苏格兰的演讲录《英国的幽默家》，里面讲的是18世纪的幽默家十二人，——都是谁？是绥夫特、康格雷夫、阿迪生、斯蒂尔、Prior、Gay、蒲伯、Hogarth、Smollett、Fielding、Sterne与高尔斯密。

（五）幽默不仅仅是作家的观察人生的一种态度，并且也是作品里一种品质了。凡是以同情的、自然的、俏皮的笔调来描写人生之矛盾怪僻的作品，便自然的具有了幽默的品质。幽默不等于"俏皮话"，但幽默却永远是俏皮的。

以上说的是英文中"幽默"一词所涵的意义。至于翻译成中文后之幽默是橘变为枳，还是枳变为橘，目前不少事实的证明，是不须我来批评的。

幽默是文学里的一种品质，不是一种体裁。我们可以说某一篇文章含有幽默，或是幽默的，但我们很难在诗歌、小说、戏剧散文诸体裁之外再创出一种"幽默体"。"幽默的诗""幽默的小说"等等的名词是可以成立的，因为这是说在诗歌、小说中加入了幽默的成分。幽默是难能可贵的品质，有了它可以使得文学作品分外地活泼有趣，没有它呢，诗还是诗，小说还是小说。幽默的本身不能成为文学，且亦非文学所必须备有的品质之一。

幽默既是义学的一种品质，所以在义学作品里绝不能从头至尾全篇的幽默，只可以在遇到适宜的情节时偶然的来幽默一下子。若是一篇作品，一句一幽默，那便成了幽默体，也便成了笑话。幽默专家，和开门便令人发笑的小丑差不多，他在文学里是有位置的，但是他自己唱不了一出戏。勉强叫他唱一出戏，那便成了一出低级趣味的笑剧趣剧。所以幽默这种东西，在文学里是颇有用处的，但亦不能超过了一定的分量。

幽默是难以学习的，对于幽默的赏识也是难以学习的。令不幽默的人写幽默的文字，那真令人作呕；令不懂幽默的人懂幽默，那真是幽默了。有幽默的作家，在作品里不会不表现出他的幽默，遇到懂幽默的，不会不赏识幽默，那是再自然没有的事。提倡似乎很难罢？

幽默不是舞文弄墨的事，单在字上是不能推敲出多少幽默来的。一篇白话文，在里面硬插入几句古文烂调，之乎者也的大转一气，自然也有一点可笑（或可厌），但不是幽默。幽默是存在于作家的态度里，表现在他的作风里，——如何立意，如何取材，如何布局，如何描写，如何遣词，这些地方是该注意的。但咬文嚼字是不必需的，因为那只能产生一篇"游戏文章"，不能给文学作品以幽默的品质。古文里尽有幽默的作品，白话文里也尽有幽默的作品，白话掺古文呢，也许能有幽默的效果，但不是可以屡次尝试的一条路。

*本篇原载于1932年12月31日天津《益世报·文学周刊》第九期。

文学与人生

（文 / 朱光潜）

文学是以语言文字为媒介的艺术。就其为艺术而言，它与音乐图画雕刻及一切号称艺术的制作有共同性：作者对于人生世相都必有一种独到的新鲜的观感，而这种观感都必有一种独到的新鲜的表现；这观感与表现即内容与形式，必须打成一片，融合无间，成为一种有生命的和谐的整体，能使观者由玩索而生欣喜。达到这种境界，作品才算是"美"。美是文学与其他艺术所必具的特质。就其以语言文字为媒介而言，文学所用的工具就是我们日常运思说话所用的工具，无待外求，不像形色之于图画雕刻，乐声之于音乐。每个人不都能运用形色或音调，可是每个人只要能说话就能运用语言，只要能识字就能运用文字。语言文字是每个人表现情感思想的一套随身法宝，它与情感思想有最直接的关系。因为这个缘故，文学是一般人接近艺术的一条最直截简便的路；也因为这个缘故，文学是一种与人生最密切相关的艺术。

我们把语言文字联在一起说，是就文化现阶段的实况而言，其实在演化程序上，先有口说的语言而后有手写的文字，写的文字与说的语言在时间上的距离可以有数千年乃至数万年之久，到现在世间还有许多民族只有语言而无文字。远在文字未产生以前，人类就有语言，有了语言就有文学。文学是最原始的也是最普遍的一种艺术。在原始民族中，人人都欢喜唱歌，都欢喜讲故事，都欢喜戏拟人物的动作和姿态。这就是诗歌、小说和戏剧的起源。于今仍在世间流传的许多古代名著，像中国的《诗经》，希腊的荷马史诗，欧洲中世纪的民歌和英雄传说，原先都由口头传诵，后来才被人用文字写下来。在口头传诵的时期，文学大半是全民众的集体创作。一首歌或是一篇故事先由一部分人倡始，一部分人随和，后来一传十，十传百，辗转相传，每个传播的人都贡献一点心裁把原文加以润色或增损。我们可以说，文学作品在原始社会中没有固定的著作权，它是流动的，生生不息的，集腋成裘的。它的传播期就是它的生长期，它的欣赏者也就是它的创作者。这种文学作品最能表现一个全社会的人生观感，所以从前关心政教的人要在民俗歌谣中窥探民风国运，采风观乐在春秋时还是一个重要的政典。我们还可以进一步说，原始社会的文字就几乎等于它的文化；它的历史、政治、宗教、哲学等等都反映在它的诗歌、神话和传说里面。希腊的神话史诗，中世纪的民歌传说以及近代中国边疆民族的歌谣、神话和民间的故事都可以为证。

口传的文学变成文字写定的文学，从一方面看，这是一个大进步，因为作品可以不纯由记忆保存，也不纯由口诵流传，它的影响可以扩充到更久更远。但从另一方面看，这种变迁也是文学的一个厄运，因为识字另需一番教育，文学既由文字保存和流传，文字便成为一种障碍，不识字的人便无从创造或欣赏文学，文学便变成一个特殊阶级的专利品。文人成了一个特殊阶级，而这阶级化又随社会演进而日趋尖锐，文学就逐渐和全民众疏远。这种变迁的坏影响很多，第一，文学既与全民众疏远，就不能表现全民众的精神和意识，也就不能从全民众的生活中吸收力量与滋养，它就不免由窄狭化而传统化、形式化、僵硬化。第二，它既成为一个特殊阶级的兴趣，它的影响也就限于那个特殊阶级，不能普及于一般人，与一般人的生活不发生密切关系，于是一般人就把它认为无足轻重。文学在文化现阶段中几已成为一种奢侈，而不是生活的必需。在最初，凡是能运用语言的人都爱好文学；后来文字产生，只有识字的人才能爱好文学；现在连识字的人也大半不能爱好文学，甚至有一部分鄙视或仇视文学，说它的影响不健康或根本无用。在这种情形之下，一个人要郑重其事地来谈文学，难免有几分心虚胆怯，他至少须说出一点理由来辩护他的不合时宜的举动。这篇开场白就是替以后陆续发表的十几篇谈文学的文章做一个辩护。

先谈文学有用无用问题。一般人嫌文学无用，近代有一批主张"为文艺而文艺"的人却以为文学的妙处正在它无用。它和其他艺术一样，是人类超脱自然需要的束缚而发出的自由活动。比如说，茶壶有用，因能盛茶，是壶就可以盛茶，不管它是泥的瓦的扁的圆的，自然需要止于此。但是人不以此为满足，制壶不但要能盛茶，还要能娱目赏心，于是在质料、式样、颜色上费尽机巧以求美观。就浅狭的功利主义看，这种功夫是多余的，无用的；但是超出功利观点来看，它是人自作主宰的活动。人不惮烦要做这种无用的自由活动，才显得人是自家的主宰，有他的尊严，不只是受自然驱遣的奴隶；也才显得他有一片高尚的向上心。要胜过自然，要弥补自然的缺陷，使不完美的成为完美。文学也是如此。它起于实用，要把自己所感的说给旁人知道；但是它超过实用，要找好话说，要把话说得好，使旁人在话的内容和形式上同时得到愉快。文学所以高贵，值得我们费力探讨，也就在此。

这种"为文艺而文艺"的看法确有一番正当道理，我们不应该以浅狭的功利主义去估定文学的身价。但是我以为我们纵然退一步想，文学也不能说是完全无用。人之所以为人，不只因为他有情感思想，尤在他能以语言文字表现情感思想。试假想人类根本没有语言文字，像牛羊犬马一样，人类能否有那样灿烂的文化？文化可以说大半是语言文字的产品。有了语言文字，许多崇高的思想，许多微妙的情境，许多可歌可泣的事迹才能那样流传广播，由一个心灵出发，去感动无数的心灵，去启发无数心灵的创作。这感动和启发的力量大小与久暂，就看语言文字运用得好坏。在数千载之下，《左传》《史记》所写的人物事迹还能活现在我们眼前，若没有左丘明、司马迁的那种生动的文笔，这事如何能做到？在数千载之下，柏拉图的《对话集》所表现的思想对于我们还是那么亲切有趣，若没有柏拉图的那种深入而浅出的文笔，这事又如何能做到？从前也许有许多值得流传的思想与行迹，因为没有遇到文人的点染，就湮没无闻了。我们自己不时常感觉到心里有话要说而不出的苦楚么？孔子说得好:"言之无文,行之不远。"单是"行远"这一个功用就深广不可思议。

柏拉图、卢梭、托尔斯泰和程伊川都曾怀疑到文学的影响,以为它是不道德的或是不健康的。世间有一部分文学作品确有这种毛病,本无可讳言,但是因噎不能废食,我们只能归咎于作品不完美,不能断定文学本身必有罪过。从纯文艺观点看,在创作与欣赏的聚精会神的状态中,心无旁骛,道德的问题自无从闯入意识阈。纵然离开美感态度来估定文学在实际人生中的价值,文艺的影响也绝不会是不道德的,而且一个人如果有纯正的文艺修养,他在文艺方面所受的道德影响可以比任何其他体验与教训的影响更较深广。"道德的"与"健全的"原无二义。健全的人生理想是人性的多方面的谐和的发展,没有残废也没有臃肿。譬如草木,在风调雨顺的环境之下,它的一般生机总是欣欣向荣,长得枝条茂畅,枝叶扶疏。情感思想便是人的生机,生来就需要宣泄生长,发芽开花。有情感思想而不能表现,生机便遭窒塞残损,好比一株发育不完全而呈病态的花草。文艺是情感思想的表现,也就是生机的发展,所以要完全实现人生,离开文艺决不成。世间有许多对文艺不感兴趣的人干枯浊俗,生趣索然，其实都是一些精神方面的残疾人，或是本来生机就不畅旺，或是有畅旺的生机因为窒塞而受摧残。如果一种道德观要养成精神上的残疾人，它的本身就是不道德的。

表现在人生中不是奢侈而是需要，有表现才能有生展，文艺表现情感思想，同时也就滋养情感思想使它生展。人都知道文艺是"怡情养性"的。请仔细玩索"怡养"两字的意味！性情在怡养的状态中，它必是健旺的，生发的，快乐的。这"怡养"两字却不容易做到，在这纷纭扰攘的世界中，我们大部分时间与精力都费在解决实际生活问题，奔波劳碌，很机械地随着疾行车流转，一日之中能有几许时刻回想到自己有性情？还论怡养！凡是文艺都是根据现实世界而铸成另一超现实的意象世界，所以它一方面是现实人生的反照，一方面也是现实人生的超脱。在让性情怡养在文艺的甘泉时，我们霎时间脱去尘劳，得到精神的解放，心灵如鱼得水地徜徉自乐；或是用另一个比喻来说，在干燥闷热的沙漠里走得很疲劳之后，在清泉里洗一个澡，绿树阴下歇一会儿凉。世间许多人在劳苦里打翻转，在罪孽里打翻转，俗不可耐，苦不可耐，原因只在洗澡歇凉的机会太少。

从前中国文人有"文以载道"的说法，后来有人嫌这看法的道学气太重,把"诗言志"一句老话抬出来,以为文学的功用只在言志;释志为"心之所之",因此言志包含表现一切心灵活动在内。文学理论家于是分文学为"载道""言志"两派,仿佛以为这两派是两极端,绝不相容——"载道"是"为道德教训而文艺","言志"是"为文艺而文艺"。其实这个问题的关键全在"道"字如何解释。如果释"道"为狭义的道德教训,载道显然就小看了文学。文学没有义务要变成劝世文或是修身科的高头讲章。如果释"道"为人生世相的道理,文学就决不能离开"道","道"就是文学的真实性。志为心之所之,也就要合乎"道",情感思想的真实本身就是"道",所以"言志"即"载道",根本不是两回事,哲学科学所谈的是"道",文艺所谈的仍是"道",所不同者哲学科学的道理是抽象的,是从人生世相中抽绎出来的,好比从盐水中提出来的盐;文艺的道是具体的,是含蕴在人生世相中的,好比盐溶于水,饮者知咸,却不辨何者为盐,何者为水。用另一个比喻来说,哲学科学的道是客观的、冷的、有精气而无血肉的;文艺的道是主观的、热的,通过作者的情感与人格的渗沥,精气和血肉凝成完整生命的。换句话说,文艺的"道"与作者的"志"融为一体。

　　我常感觉到，与其说"文以载道"，不如说"因文证道"。《楞严经》记载佛有一次问他的门徒从何种方便之门，发菩提心，证圆通道。几十个菩萨罗汉轮次起答，有人说从声音，有人说从颜色，有人说从香味，大家共说出二十五个法门（六根、六尘、六识、七大，每一项都可成为证道之门）。读到这段文章，我心里起了一个幻想，假如我当时在座，轮到我起立作答时，我一定说我的方便之门是文艺。我不敢说我证了道，可是从文艺的玩索，我窥见了道的一斑。文艺到了最高的境界，从理智方面说，对于人生世相必有深广的观照与彻底地了解，如阿波罗凭高远眺，华严世界尽成明镜里的光影，大有佛家所谓万法皆空，空而不空的景象；从情感方面说，对于人世悲欢好丑必有平等的真挚的同情，冲突化除后的谐和，不沾小我利害的超脱，高等的幽默与高等的严肃，成为相反者之同。柏格森说世界时时刻刻在创化中，这好比一个无始无终的河流，孔子所看到的"逝者如斯夫，不舍昼夜"，希腊哲人所看到的"濯足清流，抽足再入，已非前水"，所以时时刻刻有它的无穷的兴趣。抓住某一时刻的新鲜景象与兴趣而给以永恒的表现，这是文艺。一个对于文艺有修养的人决不感觉到世界的干枯或人生的苦闷。他自己有表现的能力固然很好,纵然不能,他也有一双慧眼看世界,整个世界的动态便成为他的诗,他的图画,他的戏剧,让他的性情在其中"怡养"。到了这种境界,人生便经过了艺术化,而身历其境的人,在我想,可以算是一个有"道"之士。从事于文艺的人不一定都能达到这个境界,但是它究竟不失为一个崇高的理想,值得追求,而且在努力修养之后,可以追求得到。

文学的趣味

(文／朱光潜)

文学作品在艺术价值上有高低的分别，鉴别出这高低而特有所好，特有所恶，这就是普通所谓趣味。辨别一种作品的趣味就是评判，玩索一种作品的趣味就是欣赏，把自己在人生自然或艺术中所领略的趣味表现出就是创造。趣味对于文学的重要于此可知。

文学的修养可以说就是趣味的修养。趣味是一个比喻，出口舌感觉引申出来的。它是一件极寻常的事，却也是一件极难的事。虽说"天下之口有同嗜"，而实际上"人莫不饮食也，鲜能知味也"。它的难处在于没有固定的客观的标准，而同时又不能全凭主观地抉择。说完全没有客观标准吧，文章的美丑犹如食品的甜酸，究竟容许公是公非的存在；说完全可以凭客观的标准吧，一般人对于文学作品的欣赏有许多个别的差异，正如有人嗜甜，有人嗜辣。

在文学方面下过一番工夫的人都明白文学上趣味的分别是极微妙的，差之毫厘往往谬以千里。极深厚的修养常在毫厘之差上见出，极艰苦的磨练也常是在毫厘之差上做功夫。

举一两个实例来说。南唐中主的《浣溪沙》是许多读者所熟读的：

菡萏香销翠叶残，西风愁起绿波间。还与韶光共憔悴，不堪看。

细雨梦回鸡塞远，小楼吹彻玉笙寒。多少泪珠何限恨，倚阑干。

冯正中、王荆公诸人都极赏"细雨梦回"二句，王静安在《人间词话》里却说"菡萏香销二句大有众芳芜秽美人迟暮之感，乃古今独赏其细雨梦回二句，故知解人之不易得"。《人间词话》又提到秦少游的《踏莎行》，这首词最后两句是"郴江幸自绕郴山，为谁流下潇湘去"，最为苏东坡所叹赏；王静安也不以为然："少游词境最为凄婉，至'可堪孤馆闭春寒，杜鹃声里斜阳暮'，则变而为凄厉矣。东坡赏其后二语，犹为皮相。"

这种优秀的评判正足见趣味的高低。我们玩味文学作品时，随时要评判优劣，表示好恶，就随时要显趣味的高低。冯正中、王荆公、苏东坡诸人对于文学不能说算不得"解人"，他们所指出的好句也确实是好，可是细玩王静安所指出的另外几句，他们的见解确不无可议之处，至少是"郴江绕郴山"二句实在不如"孤馆闭春寒"二句。几句中间的差别微妙到不易分辨的程度，所以容易被人忽略过去。可是它所关却极深广，赏识"郴江绕郴山"的是一种胸襟，赏识"孤馆闭春寒"的是另一种胸襟；同时，在这一两首词中所用的鉴别的眼光可以用来鉴别一切文艺作品，显出同样的抉择，同样的好恶，所以对于一章一句的欣赏大可见出一个人的一般文学趣味。好比善饮者有敏感鉴别一杯酒，就有敏感鉴别一切的酒。趣味其实就是这样的敏感。离开这一点敏感，文艺就无由欣赏，好丑妍媸就变成平等无别。

不仅欣赏，在创作方面我们也需要纯正的趣味。每个作者必须是自己的严正的批评者，他在命意布局遣词造句上都须辨析锱铢，审慎抉择，不肯有一丝一毫含糊敷衍。他的风格就是他的人格，而造成他的特殊风格的就是他的特殊趣味。一个作家的趣味，在他的修改锻炼的功夫上最容易见出。西方名家的稿本多存在博物馆，其中修改的痕迹最足发人深省。

中国名家修改的痕迹多随稿本淹没，但在笔记杂著中也偶可见一斑。姑举一例。黄山谷的《冲雪宿新寨》一首七律五六两句原为"俗学原知回首晚，病身全觉折腰难"。这两句本甚好，所以王荆公在都中听到，就击节赞叹，说"黄某非风尘俗吏"。但是黄山谷自己仍不满意，最后改为"小吏有时须束带，故人颇问不休官"。这两句仍是用陶渊明见督邮的典故，却比原文来得委婉有含蓄。弃彼取此，亦全凭趣味。如果在趣味上不深究，黄山谷既写成原来两句，就大可苟且偷安。

以上谈欣赏和创作，摘句说明，只是为其轻而易举，其实一切文艺上的好恶都可作如是观。你可以特别爱好某一家，某一体，某一时代，某一派别，把其余都看成左道狐禅。文艺上的好恶往往和道德上的好恶同样地强烈深固，一个人可以在趣味异同上区别敌友，党其所同，伐其所异。文学史上许多派别，许多笔墨官司，都是这样起来的。

在这里我们会起疑问：文艺的好坏，爱憎起于好坏，好的就应得一致爱好，坏的就应得一致憎恶，何以文艺的趣味有那么大的分歧呢？你拥护六朝，他崇拜唐宋；你赞赏苏辛，他推尊温李，纷纭扰攘，莫衷一是。作品的优越不尽可为凭，莎士比亚、布莱克、华兹华斯一般开风气的诗人在当时都不很为人重视。读者的深厚造诣也不尽可为凭，托尔斯泰攻击莎士比亚和歌德，约翰逊看不起弥尔顿，法朗士讥诮荷马和维吉尔。这种趣味的分歧是极有趣的事实。精略地分析，造成这事实的有下列的因素：

第一，是资禀性情。文艺趣味的偏向在大体上先天已被决定。最显著的是民族根性。拉丁民族最喜欢明晰，条顿民族最喜欢力量，希伯来民族最喜欢严肃，他们所产生的文艺就各具一种风格，恰好表现他们的国民性。

就个人论，据近代心理学的研究，许多类型的差异都可以影响文艺的趣味。比如在想象方面，"造形类"人物要求一切像图画那样一目了然，"涣散类"人物喜欢一切像音乐那样迷离隐约；在性情方面，"硬心形"人物偏袒阳刚，"软心形"人物特好阴柔；在天然倾向方面，"外倾"者喜欢戏剧式的动作，"内倾"者喜欢独语体诗式的默想。这只是就几个荦荦大端来说，每个人在资禀性情方面还有他特殊个性，这和他的文艺的趣味也密切相关。

第二，是身世经历。谢安有一次问子弟"《毛诗》何句最佳？"谢玄回答，"昔我往矣，杨柳依依；今我来思，雨雪霏霏。"谢安表示异议，说"'訏谟定命，远猷辰告'

句有雅人深致。"这两人的趣味不同，却恰合两人不同的身分。谢安自己是当朝一品，所以特别能欣赏那形容老成谋国的两句；谢玄是翩翩佳公子，所以那流连风景，感物兴怀的句子很合他的口胃。本来文学欣赏，贵能设身处地去体会。如果作品所写的与自己所经历的相近，我们自然更容易了解，更容易起同情。杜工部的诗在这抗战期中读起来，特别亲切有味，也就是这个道理。

第三，是传统习尚。法国学者泰纳著《英国文学史》，指出"民族""时代""周围"为文学的三大决定因素，文艺的趣味也可以说大半受这三种势力形成。各民族、各时代都有它的传统，每个人的"周围"(法文Milieu略似英文Circle，意谓"圈子"，即常接近的人物，比如说，属于一个派别就是站在那个圈子里)都有它的习尚。在西方，古典派与浪漫派、理想派与写实派；在中国，六朝文与唐宋古文，选体诗，唐诗和宋诗，五代词、北宋词和南宋词，桐城派古文和阳湖派古文，彼此中间都树有很森严的壁垒。投身到某一派旗帜之下的人就觉得只有那一派是正统，阿其所好，以至目空其余一切。我个人与文艺界朋友的接触，深深地感觉到传统习尚所产生的一些不愉快的经验。我对新文学属望很殷，费尽千言万语也不能说服国学耆宿们，让他们相信新文学也自有一番道理。我也很爱读旧诗文，向新文学作家称道旧诗文的好处，也被他们嗤为顽腐。此外新旧文学家中又各派别之下有派别，京派海派，左派右派，彼此相持不下。我冷眼看得很清楚，每派人都站在一个"圈子"里，那圈子就是他们的"天下"。

一个人在创作和欣赏时所表现的趣味，大半由上述三个因素决定。资禀性情，身世经历和传统习尚，都是很自然地套在一个人身上的，不轻易能摆脱，而且它们的影响有好有坏，也不必完全摆脱。我们应该做的工夫是根据固有的资禀性情而加以磨砺陶冶，扩充身世经历而加以细心的体验，接收多方的传统习尚而求截长取短，融会贯通。这三层工夫就是普通所谓学问修养。纯恃天赋的趣味不足为凭，纯恃环境影响造成的趣味也不足为凭，纯正的可凭的趣味必定是学问修养的结果。

孔子有言："知之者不如好之者，好之者不如乐之者"，仿佛以为知、好、乐是三层事，一层深一层；其实在文艺方面，第一难关是知，能知就能好，能好就能乐。知、好、乐三种心理活动融为一体就是欣赏，而欣赏所凭的就是趣味。许多人在文艺趣味上有欠缺，大半由于在知上有欠缺。

有些人根本不知，当然不会盛感到趣味，看到任何好的作品都如蠢牛听琴，不起作用。这是精神上的残废。犯这种毛病的人失去大部分生命的意味。

有些人知得不正确，于是趣味低劣，缺乏鉴别力，只以需要刺激或麻醉，取恶劣作品疗饥过瘾，以为这就是欣赏文学。这是精神上的中毒，可以使整个的精神受腐化。

有些人知得不周全，趣味就难免窄狭，象上文所说的，被囿于某一派别的传统习尚，不能自拔。这是精神上的短视，"坐井观天，诬天藐小"。

要诊治这三种流行的毛病，唯一的方剂是扩大眼界，加深知解。一切价值都由比较得来，生长在平原，你说一个小山坡最高，你可以受原谅，但是你错误。"登东山而小鲁，登泰山而小天下"，那"天下"也只是孔子所能见到的天下。要把山估计得准确，你必须把世界名山都游历过，测量过。研究文学也是如此，你玩索的作品愈多，种类愈复杂，风格愈分歧，你的比较资料愈丰富，远视愈正确，你的鉴别力（这就是趣味）也就愈可靠。

人类心理都有几分惰性，常以先入为主，想获得一种新趣味，往往须战胜一种很顽强的抵抗力。许多旧文学家不能欣赏新文学作品，就因为这个道理。就我个人的经验来说，起初习文言文，后来改习语体文，颇费过一番冲突与挣扎。在才置信语体文时，对文言文颇有些反感，后来多经摸索，觉得文言文仍有它的不可磨灭的价值。

专就学文言文说，我起初学桐城派古文，跟着古文家们骂六朝文的绮靡，后来稍致力于六朝人的著作，才觉得六朝文也有为唐宋文所不可及处。在诗方面我从唐诗入手，觉宋诗索然无味，后来读宋人作品较多，才发现宋诗也特有一种风味。我学外国文学的经验也大致相同，往往从笃嗜甲派不了解乙派，到了解乙派而对甲派重新估定价值。我因而想到培养文学趣味好比开疆辟土，须逐渐把本来非我所有的征服为我所有。

英国诗人华兹华斯说道："一个诗人不仅要创造作品，还要创造能欣赏那种作品的趣味。"我想不仅作者如此，读者也须时常创造他的趣味。生生不息的趣味才是活的趣味，像死水一般静止的趣味必定陈腐。活的趣味时时刻刻在发现新境界，死的趣味老是囿在一个窄狭的圈子里。这道理可以适用于个人的文学修养，也可以适用于全民族的文学演进史。

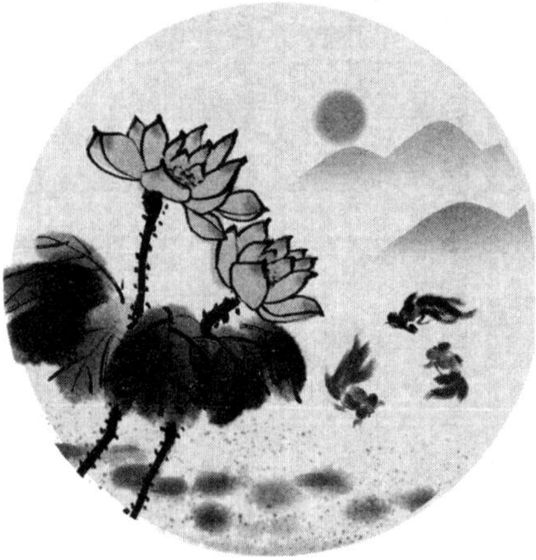

无书的日子

（文/冯骥才）

你出外旅行，在某个僻远的小镇住进一家小店，赶上天阴落雨，这该死的连绵的雨把你闷在屋里。你拉开提包锁链，呀，糟糕之极！竟然把该带在身边的一本书忘在家中——这是每一个出外的人经常会碰到的遗憾。你怎么办？身在他乡，陌生无友，手中无书，面对雨窗孤坐，那是何等滋味？我吗，嘿，我自有我的办法！

道出这办法之前，先要说这办法的由来。

我家在"文化大革命"初被洗劫一空。藏书千余，听凭造反派们撕之毁之，付之一炬。抄家过后，收拾破破烂烂的家具杂物时，把残书和哪怕是零零散散的书页都万分珍惜地敛起来，整理、缝钉，破口处全用玻璃纸粘好；完整者寥寥，残篇散页却有一大包袱。逢到苦闷寂寞之时，便拿出来读。读书如听音乐，一进入即换一番天地。时入蛮荒远古，时入异国异俗，时入霞光夕照，时入人间百味。一时间，自身的烦扰困顿乃至四周的破门败墙全都化为乌有，书中世界与心中世界融为一体——人物的苦恼赶走自己的苦恼，故事的紧张替代现实的紧张，即便忧伤悒郁之情也换了一种。艺术把一切都审美化，丑也是一种美，在艺术中审丑也是审美，也是享受。

但是，我从未把书当做伴我消度时光的闲友，而把它们认定是充实和加深我的真正伙伴。你读书，尤其是那些名著，就是和人类历史上最杰出的先贤智者相交！这些先贤智者著书或是为了寻求别人理解，或是为了探求人生的途径与处世的真理。不论他们的箴言沟通于你的人生经验，他们聪慧的感受触发你的悟性，还是他们天才的思想顿时把你蒙昧混沌的头颅透彻照亮——你的脑袋仿佛忽然变成一只通电发亮的灯——他们不是你最宝贵的精神朋友吗？

半本《约翰·克利斯朵夫》几乎叫我看烂，散页的中外诗词全都烂熟于我心中。然而，读这些无头无尾的残书倒别有一种体味，就像面对残断胳膊的维纳斯时，你不知不觉会用你自己最美的想象去安装它。书中某一个人物的命运由于缺篇少章不知后果，我并不觉得别扭，反而用自己的想象去发展它，完成它。我按照自己的意志为它们设想出必然的命运变化和结局。我感到自己就像命运之神那样安排着一个个生命有意味的命运历程。当时，我的命运被别人掌握，我却掌握着另一些"人物"的命运；前者痛苦，后者幸福。

往往我给一个人物设计出几种结局。小说中人物的结局才是人物的完成。当然我不知道这些人物在原书中的结局是什么，我就把自己这些续篇分别讲给不同朋友听。凡是某一种结局感动了朋友，我就认定原作一定是这样，好像我这才是真本，听故事的朋友们自然也就深信不疑。

"文化大革命"后，书都重新出版了。常有朋友对我说："你讲的那本书最近我读了，那人物根本没死，结尾也不是你讲的那样……"他们来找我算账；不过也有的朋友望着我笑而不答的脸说："不过，你那样结束也不错……"

当初，续编这些残书未了的故事，我干得挺来劲儿，因为在续编中，我不知不觉使用了自己的人生经验，调动出我生活中最生动、独特和珍贵的细节，发挥了我的艺术想象。而享受自己的想象才是最醉心的，这是艺术创造者们所独有的一种感受。后来，又是不知不觉，我脱开别人的故事轨道，自己奔跑起来。世界上最可爱的是纸，偏偏纸多得无穷无尽，它们是文学挥洒的无边无际的天地。我开始把一张张洁白无瑕的纸铺在桌上，写下心中藏不住的、惟我独有的故事。

写书比读书幸福得多了。

读书是欣赏别人，写书是挖掘自己；读书是接受别人的沐浴，写作是一种自我净化。一个人的两只眼用来看别人，但还需要一只眼对向自己，时常审视深藏自身中的灵魂，在你挑剔世界的同时还要同样地挑剔自己。写作能使你愈来愈公正、愈严格、愈开阔、愈善良。你受益于文学首先是这样的自我更新和灵魂再造，否则你从哪里获得文学所必需的真诚？

读书是享用别人的创造成果，写书是自己创造出来供给他人享用。文学的本质是从无到有；文学毫不宽容地排斥仿造，人物、题材、形式、方法，哪怕别人甚至自己使用过的一个巧妙的比喻也不容在你笔下再次出现。当它所有的细胞都是新生的，才能说你创造了一个新生命。于是你为这世界提供一个有认识价值，并充满魅力的新人物，它不曾在人间真正活过一天，却有名有姓有血有肉，并在许许多多读者心底深刻并形象地存在着；一些人从它身上发现身边的人，一些人从它个性中发现自己；人们从中印证自己，反省过失，寻求教训，发现生存价值和生活真谛……还有，世界上一切事物在你的创作中，都带着光泽、带着声音、带着生命的气息和你的情感而再现，而这所有一切又都是在你两三尺小小书桌上诞生的，写书是多么令人迷醉的事情啊！

在那无书的日子里，我是被迫却又心甘情愿地走到这条道路上去的，这便是写书。

无书而写书。失而复得，生活总是叫你失掉的少，获得的多。

嘿嘿，这就是我要说的了——

每当旅行在外，手边无书，我就找几块纸铺展在桌。哪怕一连下上它半个月的雨，我照旧充满活力、眼光发亮、有声有色地待在屋中。我可不是拿写书当作一种消遣。我在做上帝做过的事：创造生命。

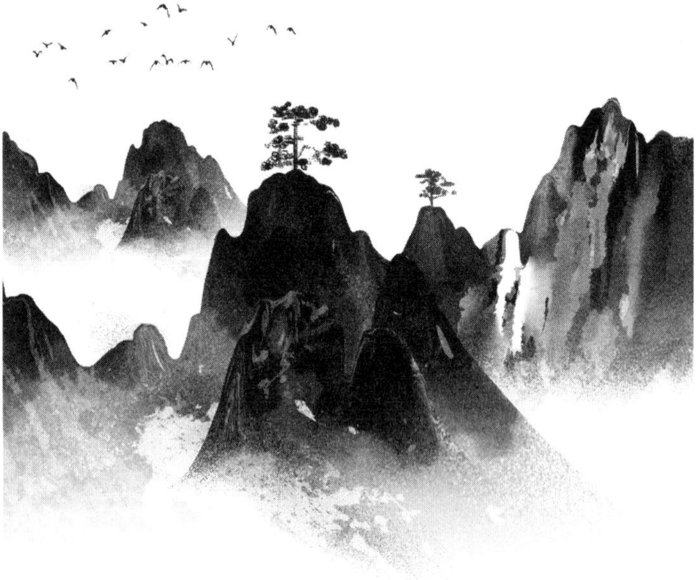

第四章　大家谈创作

一个小说家是人生经验的百货店，货越充实，生意才越兴旺。

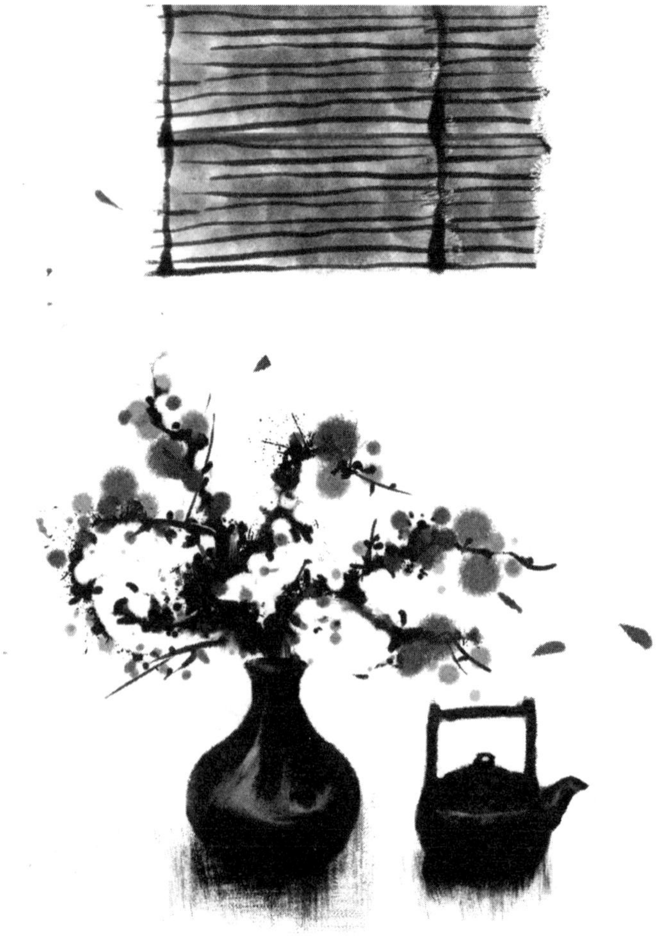

文学者的态度

（文 / 沈从文）

这是个很文雅庄严的题目，我却只预备援引出一个近在身边的俗例。我想提到的是我家中经营厨房的大司务老景。假若一个文学者的态度，对于他那伤事业也还有些关系，这大司务的态度我以为真值你注意。

我家中大司务老景是这样一个人：平时最关心的是他那份家业：厨房中的切菜刀，砧板，大小碗盏，与上街用的自行车，都亲手料理得十分十净。他对于肉价，米价，煤球价，东城与西城相差的数目，他全记得清清楚楚。凡关于他那一行，问他一样他至少能说出三样。他还会写几个字，记账时必写得整齐成行美丽悦目。他认的字够念点浅近书籍，故做事以外他就读点有趣味的唱本故事。朋友见他那么健康和气，负责做人，皆极其称赞他。有一天朋友××问他：

"老景，你为什么凡事在行到这样子？真古怪！"

他回答得很妙，他说：

"××先生，我不古怪！做先生的应当明白写在书本上的一切，做厨子的也就应当明白搁在厨房里的一切。××先生您自己不觉得奇怪，反把我当成个怪人！"

"你字写得那么好，简直写得比我还好。"

"我用了钱得记下个账单儿，不会写字可不配做厨子！字原来就是应用的东西，我写字也不过能够应用罢了。"

"但你还会看书。"

朋友××以为这一来，厨子可不会否认他自己的特长了。

谁知老景却说：

"××先生，这同您炒鸡子一样，玩玩的，不值得说！"

××是个神经敏感的人，想起了这句话里一定隐藏了什么尖尖的东西，一根刺似的戳了那么一下。"做厨子的能读书并不出奇，只有读书拿笔杆儿的先生们，一放下笔，随意做了件小小事情，譬如下厨房去炒一碟鸡子，就大惊小怪，自以为旷世奇才！"那大司务在人面前既常是一副笑脸，笑容里真仿佛也就包含得有这样一种幽默。其实不然，他并不懂得这些空灵字眼儿，他无需乎懂幽默。

××似乎受了一点儿小小的窘，还想强词夺理地那么说："我们做先生的所以明白的是书本，你却明白比做先生的多五倍以上的事情，你若不能称为怪人，我就想称呼你为……"他大约记起"天才"两个字，但他并不说下去，因为怕再说下去只有更糟，便勉强地笑笑，只说"你洗碗去，你洗碗去"，把面前的老景打发开了。

别人都称赞我家中这个大司务，以为是个"怪人"，我可不能同意这种称呼。这个大司务明白他分上应明白的事情，尽过他职务上应尽的责任，做事不取巧，不偷懒，做过了事情，不沾沾自喜，不自画自赞，因为小小疏忽把事做错了时，也不带着怀才不遇委屈牢骚的神气。他每天早晚把菜按照秩序排上桌子去，一个卷筒鱼，一个芥蓝菜，一个四季豆，告给他："大司务，你今天这菜做得好，"他不过笑笑而已。间或一样菜味道弄差了，或无人下箸，或要他把菜收回重新另炒，他仍然还只是笑笑。说好他不觉得可骄，说坏他不恼羞成怒，他其所以能够如此，就只因为他对于工作尽他那份职业的尊严。他认为自己毫不奇怪，别人也就不应当再派他成为一个怪人了。

不过假若世界上这种人算不得是个怪人，那另外还有一种人，就使我们觉得太古怪了。我所指的就是现在的文学家，这些人古怪处倒并不是他们本身如何与人不同，却只是他们在习气中如何把身分行为变得异常的古怪。

弄文学的同"名士风度"发生关系，当在魏晋之间，去时较远似乎还无所闻。魏晋以后，能文之士，除开奏议赋颂，原来就在向帝王讨好或指陈政治得失有所主张，把文章看得较严重外，其他写作态度，便莫不带一种玩票白相的神气。或做官不大如意，才执笔雕饰文字，有所抒写，或良辰佳节，凑兴帮闲，才做所谓吮毫铺素的事业。晋人写的小说多预备作文章时称引典故之用，或为茶余酒后闲谈之用，如现存《博物》《述异》《世说》《笑林》之类。唐人作小说认真了一些，然而每个篇章便莫不依然为游戏心情所控制。直到如今，文学的地位虽同时下风气不同，稍稍高升一些，然而从一般人看来，就并不怎样看得起它。照多数作家自己看来，也还只算一种副业。一切别的事业似乎皆可以使人一本正经地做下去，一提到写作，则不过是随兴而发的一种工作而已。倘若少数作者，在他那份工作上，认真严肃到发痴，忘怀了一切，来完成他那篇小说那些短诗那幕戏剧，第一个肯定他为傻子的，一定也就是他同道中最相熟最接近的人。

过去观念与时代习气皆使从事文学者如票友与白相人。文学的票友与白相人虽那么多，这些人对于作品的珍视，却又常常出人意料。这些人某一时节卷起白衬衫袖,到厨房里去炒就一碟嫩鸡子,完事以后得意的神气,是我们所容易见到的。或是一篇文章,或是一碟鸡子,在他们自己看来总那么使他们感到自满与矜持。关于烹调本是大司务做的专门职业,先生们偶尔一作,带着孩子们心情觉得十分愉快,并不怎么出奇。至于研究文学的,研究了多年以后,同时再来写点自己的,也居然常常对于自己作品作出"我居然也写了那么一篇东西"的神气,就未免太天真了。就是这一类人,若在作品中发生过了类乎"把菜收回重新另做"的情形时,由于羞恼所做出的各种事情,有时才真正古怪得出人意料!

只因为文学者皆因历史相沿习惯与时下流行习气所影响而造成的文人脾气,始终只能在玩票白相精神下打发日子,他的工作兴味的热忱,既不能从工作本身上得到,必须从另外一个人方面取得赞赏和鼓励。他工作好坏的标准,便由人而定,不归自己。他又像过分看重自己作品,又像完全不能对于自己作品价值有何认识。结果就成了这种情形。他若想成功,他的作品必永远受一般还在身边的庸俗鉴赏者尺度所限制,作品绝不会有如何出奇炫目的光辉。他若不欲在这群人面前成功,又不甘在这群人面前失败,他便只好搁笔,从此不再写什么作品了。倘若他还是一种自以为很有天才而又怀了骄气的人呢，则既不能从一般鉴赏者方面满足他那点成功的期望，就只能从少数带着糊涂的阿谀赞美中，消磨他的每个日子。倘若他又是另一种聪明不足滑跳有余的人呢，小小挫折必委屈到他的头上，因这委屈既无法从作品中得到卓然自见的机会，他必常常想方设法不使自己长受委屈；或者自己写出很好的批评，揄扬吹嘘，或别出奇计，力图出名，或对于权威所在，小作指摘，大加颂扬。总而言之，则这种人登龙有术，章克标先生在他一本书中所列举的已多，可不必再提了。

近些年来，对于各种事业从比较上皆证明这个民族已十分落后，然而对于十年来的新兴国语文学，却似乎还常有一部分年青人怀了最大的希望，皆以为这个民族的组织力、道德与勇敢诚朴精神，正在崩溃和腐烂，在这腐烂崩溃过程中，必然有伟大的作品产生。这种伟大文学作品，一方面记录了这时代广泛苦闷的姿态，一面也就将显示出民族复兴的健康与快乐生机。然而现在玩票白相的文学家，实占作家中的最多数，这类作家露面的原因，不属于"要成功"，就属于"自以为成功"或"设计成功"，想从这三类作家希望什么纪念碑的作品，真是一种如何愚妄的期待！一面是一群玩票白相文学作家支持着所谓文坛的场面，一面却是一群教授，各抱着不现实愿望，教俄国文学的就埋怨中国还缺少托尔斯泰，教英国文学的就埋怨中国无莎士比亚，教德国文学的就埋怨中国不能来个歌德。把这两种人两相对照起来时，总使人觉得极可怜也极可笑，实则作者的态度，若永远是票友与白相人态度，则教授们研究的成绩，也将同他们的埋怨一样，对于中国文学理想的伟大作品的产生，事实上便毫无帮助。

  伟大作品的产生，不在作家如何聪明，如何骄傲，如何自以为伟大，与如何善于标榜成名，只有一个方法，就是作家诚实的去做。作家的态度，若皆能够同我家大司务态度一样，一切规规矩矩，凡属他应明白的社会上事情，都把它弄明白，同时那一个问题因为空间而发生的两地价值相差处，得失互异处，他也看得极其清楚，此外"道德""社会思想""政治倾向""恋爱观念"，凡属于这一类名词，在各个阶级，各种时间，各种环境里，它的伸缩性，也必须了解而且承认它。着手写作时，又同我家中那大司务一样，不大在乎读者的毁誉，做得好并不自满骄人，做差了又仍然照着本分继续工作下去。必须要有这种精神,就是带他到伟大里去的精神!

假若我们对于中国文学还怀了一分希望,我觉得最需要的就是文学家态度的改变,那大司务处世做人的态度,就正是文学家最足学习的态度。他能明白得极多,故不拘束自己,却敢到各种生活里去认识生活,这是一件事。他应觉得他事业的尊严,故能从工作本身上得到快乐,不因一般毁誉得失而限定他的左右与进退,这又是一件事。他做人表面上处处依然还像一个平常人,极其诚实,不造谣说谎,知道羞耻,很能自重,且明白文学不是赌博,不适宜随便下注投机取巧,也明白文学不是补药,不适宜单靠宣传从事渔利,这又是一件事。

一个厨子知道了许多事,做过了许多菜,他就从不觉得自己是个怪人,且担心被人当作怪人。一个作家稍稍能够知道一些事情,提起笔来把它写出,却常常自以为稀奇。既以为稀奇,便常常夸大狂放,不只想与一般平常人不同,并且还与一般作家不同。平常人以生活节制产生生活的艺术,他们则以放荡不羁为洒脱;平常人以游手好闲为罪过,他们则以终日闲谈为高雅;平常作家在作品成绩上努力,他们则在作品宣传上努力。这类人在上海寄生于书店、报馆、官办的杂志，在北京则寄生于大学、中学以及种种教育机关中。这类人虽附庸风雅，实际上却与平庸为缘。从这类人成绩上有所期待，教授们的埋怨，便也只好永远成为市声之一种，这一代的埋怨，留给后一代教授学习去了。

已经成了名的文学者，或在北京教书，或在上海赋闲，教书的大约每月皆有三百至五百元的固定收入，赋闲的则每礼拜必有三五次谈话会之类列席，希望他们同我家大司务老景那么守定他的事业，尊重他的事业，大约已不是一件很容易的事情。现在可希望的，却是那些或为自己，或为社会，预备终身从事于文学，在文学方面有所憧憬与信仰，想从这份工作上结实硬朗弄出点成绩的人，能把俗人老景的生活态度作为一种参考。他想在他自己工作上显出纪念碑似的惊人成绩，那成绩的基础，就得建筑在这种厚重，诚实，带点儿顽固而且也带点儿呆气的性格上。

假若这种属于人类的性格，在文学者方面却为习气扫荡无余了，那么，从事文学的年轻人，就极力先去学习培养它，得到它；必须得到它，再来从事文学的写作。

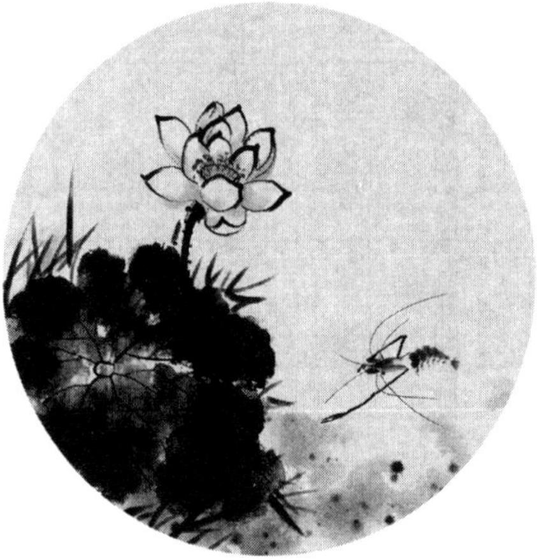

去看看万汇百物

（文 / 沈从文）

有人问我："怎样会写'创作'？"真是一个窘人的题目。想了很久，我方能说出一句话，我说："因为他先'懂创作'。"问的于是也仿佛受了点儿窘，便走开了。

等待到这个很诚实的年轻人走后，我就思索我自己所下的那个字眼儿的分量。我想明白什么是"懂创作"，老实说，我得先弄明白一点，将来也省得窘人以后自己受窘。

就一般说来，大家读了许多书，或许记忆好些的书，还能把某一书里边最精彩的一页，背诵如流，但这个人却并不是个懂创作的人。有些人会做得出动人的批评，把很好的文章说得极坏，把极坏的文章说得很好，但也不能称为懂创作的人。一个懂创作的人，也应当看许多书，但并不需记忆一段两段书。他不必会作批评文字，每一个作品在他心中却有一个数目。最要紧的是从无数小说中，明白如何写就可以成为小说，且明白一个小说许可他怎么样写。起始，结果，中间的铺叙，他口上并不能为人说出某一本书所用的方法极佳,但他知道有无数方法。他从一堆小说中知道说一个故事时处置故事的得失,他从无数话语中弄明白了说一句话时那种语气的轻重。他明白组织各种故事的方法,他明白文字的分量。是的,他最应当明白的是文字的分量。同时凡每一句话,每一个标点,他皆能拣选轻重得当的去使用。为了自己想弄明白文字的分量,他得在记忆里收藏了一大堆单字单句。他这点积蓄,是他平时处处用心,从眼睛里从耳朵里装进去的。平常人看一本书,只需记忆那本书故事的好坏,他不记忆故事。故事多容易,一个会创作的人,故事要它如何就如何,把一只狗写得比人还懂事,把一个人写得比石头还笨,都太容易了。一个创作者看一本书,他留心的只是:"这本书如何写下去,写到某一件事,提到某一点气候同某一个人的感觉时,他使用了些什么文字去说明。他简单处简单到什么程度,相反的,复杂时又复杂到什么程度。他所说的这个故事,所用的一组文字,是不是合理的?……他有思想,有主张,他又如何去表现他这点主张?"

一个创作者在那么情形下看各种各样的书,他一面看书,一面就在那里学习经验那本书上的一切人生。放下了书本,他便去想。走出门外去,他又仍然与看书同样的安静,同样的发生兴味，去看万汇百物在一分习惯下所发生的一切。他并不学画，他所选择的人事，常如一幅凸出的人生活动画图，与画家所注意的相暗合。他把一切官能很贪婪的去接近那些小事情，去称量那些小事情在另外一种人心中所有的分量，也如同他看书时称量文字一样。他喜欢一切，就因为当他接近他们时，他已忘了还有自己的身分存在。

简单说来，便是他能在书本上发痴，在一切人事上同样也能发痴。他从说明人生的书本上，养成了对于人生一切现象注意的兴味，再用对于实际人生体验的知识，来评判一个作品记录人生的得失。他再让一堆日子在眼前过去，慢慢的，他懂创作了。

目下有若干作家如何会写得出小说，他自己也就说不明白。但旁人可以看明白的，就是这些人一切作品皆常常浮住人事表面上，受不了时间的选择。不管写了一堆作品或一篇作品，不管如何善于运用作品以外的机会，很下流的造点文坛消息为自己说说话，不管如何聪敏灵巧的把自己作品押在一个较有利益的注上去，还是不成。在文字形式上，故事形式上，人生形式上，所知道得都太少了。写自己就极缺少那点所必需的能力。未写以前就不曾很客观的来学习过认识自己,分析自己,批评自己。多数作家的思想皆太容易转变了,对自己的工作实缺少了一点严格的批评、反省。从这样看来,无好成绩是很自然的。

我自己呢,是若干作者中之一人,还应当去学,还应当学许多。不希望自己比谁聪明,只希望自己比别人勤快一点,耐烦一点。

我的写作与水的关系

（文 / 沈从文）

在我一个自传里，我曾经提到过水给我的种种印象。檐溜，小小的河流，汪洋万顷的大海，莫不对于我有过极大的帮助，我学会用小小脑子去思索一切，全亏得是水，我对于宇宙认识得深一点，也亏得是水。

"孤独一点，在你缺少一切的时节，你就会发现原来还有个你自己。"这是一句真话。我有我自己的生活与思想，可以说是皆从孤独得来的。我的教育，也是从孤独中得来的。然而这点孤独，与水不能分开。

年纪六岁七岁时节，私塾在我看来实在是个最无意思的地方。我不能忍受那个逼窄的天地，无论如何总得想出方法到学校以外的日光下去生活。大六月里与一些同街比邻的坏小子，把书篮用草标各做下了一个记号，搁在本街土地堂的木偶身背后，就撒着手与他们到城外去，攒入高可及身的禾林里，捕捉禾穗上的蚱蜢，虽肩背为烈日所烤炙，也毫不在意。耳朵中只听到各处蚱蜢振翅的声音，全个心思只顾去追逐那种绿色黄色跳跃灵便的小生物，到后看看所得来的东西已仅够一顿午餐了，方到河滩边去洗濯，拾些干草枯枝，用野火来烧烤蚱蜢，把这些东西当饭吃。直到这些小生物完全吃尽后，大家于是脱光了身子，用大石压着衣裤，各自从悬崖高处向河水中跃去。就这样泡在河水里，一直到晚方回家去，挨一顿不可避免的痛打。有时正在绿油油禾田中活动，有时正泡在水里，六月里照例的行雨来了，大的雨点夹着吓人的霹雳同时来到，各人匆匆忙忙逃到路坎旁废碾坊下或大树下去躲避。雨落得久一点，一时不能停止，我必一面望着河面的水泡，或树枝上反光的叶片，想起许多事情。所捉的鱼逃了，所有的衣湿了，河面溜走的水蛇，叮固在大腿上的蚂蟥，碾坊里的母黄狗，挂在转动不已大水车上的起花人肠子……因为雨，制止了我身体的活动，心中便把一切看见的经过的皆记忆温习起来了。

也是同样的逃学，有时阴雨天气，不能向河边走去，我便上山或到庙里去，在庙前庙后树林或竹林里，爬上了这一株，到上面玩玩后，又溜下来爬另外一株。雨落大了，再不能做这种游戏时，就坐在楠木树下或庙门前石阶上看雨。雨落得越长，人也就越寂寞。那么大的雨，回家去说不定还得全身弄湿，不由得有点害怕起来，不敢再想了。我于是走到庙廊下去，为做丝线的人牵丝，为制棕绳的人摇绳车。这些地方每天照例有这种工人做工，而且这种工人照例又还是我很熟悉的人。也就因为这种雨，无从掩饰我的劣行，回到家中时，我便更容易被罚跪在仓屋中。在那间空洞寂寞的仓屋里，听着外面檐溜滴沥声，我的想象力却更有了一种很好训练的机会。我得用回想与幻想补充我所缺少的饮食，安慰我所得到的痛苦。我因恐怖得去想一些不使我再恐怖的生活，我因孤寂又得去想一些热闹事情方不至于过分孤寂。

到十五岁以后，我的生活同一条辰河无从离开，我在那条河流边住下的口了约五年。这一大堆日子中我差不多无日不与河水发生关系。走长路皆得住宿到桥边与渡头，值得回忆的哀乐人事常是湿的。至少我还有十分之一的时间，是在那条河水正流与支流各样船只上消磨的。从汤汤流水上，我明白了多少人事，学会了多少知识，见过了多少世界！我的想象是在这条河水上扩大的。我把过去生活加以温习，或对未来生活有何安排时，必依赖这一条河水。这条河水有多少次差一点儿把我攫去，又幸亏它的流动，帮助我做着那种横海扬帆的远梦，方使我能够依然好好地在人世中过着日子！

再过五年，我手中的一支笔，居然已能够尽我自由运用了，我虽离开了那条河流，我所写的故事，却多数是水边的故事。故事中我所最满意的文章，常用船上水上作为背景，我故事中人物的性格，全为我在水边船上所见到的人物性格。我文字中一点忧郁气氛，便因为被过去十五年前南方的阴雨天气影响而来，我文字风格，假若还有些值得注意处，那只因为我记得水上人的言语太多了。再过五年后，我的住处已由干燥的北京移到一个明朗华丽的海边。海既那么宽泛无涯无际，我对人生远景凝眸的机会便较多了些。海边既那么寂寞，它培养了我的孤独心情。海放大了我的感情与希望，且放大了我的人格。

我怎么做起小说来

(文 / 鲁迅)

我怎么做起小说来？——这来由，已经在《呐喊》的序文上，约略说过了。这里还应该补叙一点的，是当我留心文学的时候，情形和现在很不同：在中国，小说不算文学，做小说的也决不能称为文学家，所以并没有人想在这一条道路上出世。我也并没有要将小说抬进"文苑"里的意思，不过想利用他的力量，来改良社会。

但也不是自己想创作，注重的倒是在绍介，在翻译，而尤其注重于短篇，特别是被压迫的民族中的作者的作品。因为那时正盛行着排满论，有些青年，都引那叫喊和反抗的作者为同调的。所以"小说作法"之类，我一部都没有看过，看短篇小说却不少，小半是自己也爱看，大半则因了搜寻绍介的材料。也看文学史和批评，这是因为想知道作者的为人和思想，以便决定应否绍介给中国。和学问之类，是绝不相干的。

因为所求的作品是叫喊和反抗，势必至于倾向了东欧，因此所看的俄国，波兰以及巴尔干诸小国作家的东西就特别多。也曾热心的搜求印度，埃及的作品，但是得不到。记得当时最爱看的作者，是俄国的果戈理(N.Gogol)和波兰的显克微支(H.Sienkiewitz)。日本的，是夏目漱石和森鸥外。

回国以后，就办学校，再没有看小说的工夫了，这样的有五六年。为什么又开手了呢？——这也已经写在《呐喊》的序文里，不必说了。但我的来做小说，也并非自以为有做小说的才能，只因为那时是住在北京的会馆里的，要做论文罢，没有参考书，要翻译罢，没有底本，就只好做一点小说模样的东西塞责，这就是《狂人日记》。大约所仰仗的全在先前看过的百来篇外国作品和一点医学上的知识，此外的准备，一点也没有。

但是《新青年》的编辑者，却一回一回的来催，催几回，我就做一篇，这里我必得纪念陈独秀先生，他是催促我做小说最着力的一个。

自然，做起小说来，总不免自己有些主见的。例如，说到"为什么"做小说罢，我仍抱着十多年前的"启蒙主义"，以为必须是"为人生"，而且要改良这人生。我深恶先前的称小说为"闲书"，而且将"为艺术的艺术"，看作不过是"消闲"的新式的别号。所以我的取材，多采自病态社会的不幸的人们中，意思是在揭出病苦，引起疗救的注意。所以我力避行文的唠叨，只要觉得够将意思传给别人了，就宁可什么陪衬拖带也没有。中国旧戏上，没有背景，新年卖给孩子看的花纸上，只有主要的几个人(但现在的花纸却多有背景了)，我深信对于我的目的，这方法是适宜的，所以我不去描写风月，对话也绝不说到一大篇。

我做完之后，总要看两遍，自己觉得拗口的，就增删几个字，一定要它读得顺口；没有相宜的白话，宁可引古语，希望总有人会懂，只有自己懂得或连自己也不懂的生造出来的字句，是不大用的。这一节，许多批评家之中，只有一个人看出来了，但他称我为Stylist。

所写的事迹，大抵有一点见过或听到过的缘由，但决不全用这事实，只是采取一端，加以改造，或生发开去，到足以几乎完全发表我的意思为止。人物的模特儿也一样，没有专用过一个人，往往嘴在浙江，脸在北京，衣服在山西，是一个拼凑起来的角色。有人说，我的那一篇是骂谁，某一篇又是骂谁，那是完全胡说的。

不过这样的写法，有一种困难，就是令人难以放下笔。一气写下去，这人物就逐渐活动起来，尽了他的任务。但倘有什么分心的事情来一打岔，放下许久之后再来写，性格也许就变了样，情景也会和先前所预想的不同起来。例如我做的《不周山》，原意是在描写性的发动和创造，以至衰亡的，而中途去看报章，见了一位道学的批评家攻击情诗的文章，心里很不以为然，于是小说里就有一个小人物跑到女娲的两腿之间来，不但不必有，且将结构的宏大毁坏了。但这些处所，除了自己，大概没有人会觉到的，我们的批评大家成仿吾先生，还说这一篇做得最出色。

我想，如果专用一个人做骨干，就可以没有这弊病的，但自己没有试验过。

忘记是谁说的了，总之是，要极省俭的画出一个人的特点，最好是画他的眼睛。我以为这话是极对的，倘若画了全副的头发，即使细得逼真，也毫无意思。我常在学学这一种方法，可惜学不好。

可省的处所，我绝不硬添，做不出的时候，我也绝不硬做，但这是因为我那时别有收入，不靠卖文为活的缘故，不能作为通例的。

还有一层，是我每当写作，一律抹杀各种的批评。因为那时中国的创作界固然幼稚，批评界更幼稚，不是举之上天，就是按之入地，倘将这些放在眼里，就要自命不凡，或觉得非自杀不足以谢天下的。批评必须坏处说坏，好处说好，才于作者有益。

但我常看外国的批评文章，因为他于我没有恩怨嫉恨，虽然所评的是别人的作品，却很有可以借镜之处。但自然，我也同时一定留心这批评家的派别。

以上，是十年前的事了，此后并无所作，也没有长进，编辑先生要我做一点这类的文章，怎么能呢。拉杂写来，不过如此而已。

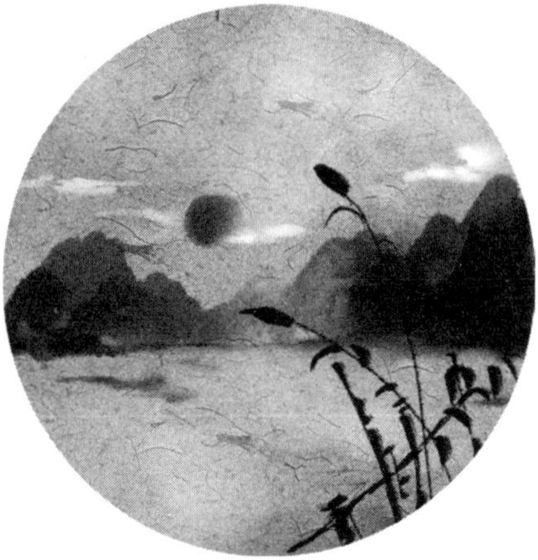

怎样写小说

(文 / 老舍)

小说并没有一定的写法。我的话至多不过是供参考而已。

大多数的小说里都有一个故事，所以我们想要写小说，似乎也该先找个故事。

找什么样子的故事呢？从我们读过的小说来看，什么故事都可以用。恋爱的故事，冒险的故事固然可以利用，就是说鬼说狐也可以。故事多得很，我们无须发愁。

不过，在说鬼狐的故事里，自古至今都是把鬼狐处理得象活人；即使专以恐怖为目的，作者所想要恐吓的也还是人。假若有人写一本书，专说狐的生长与习惯，而与人无关，那便成为狐的研究报告，而成不了说狐的故事了。由此可见，小说是人类对自己的关心，是人类社会的自觉，是人类生活经验的纪录。那么，当我们选择故事的时候，就应当估计这故事在人生上有什么价值，有什么启示；也就很显然的应把说鬼说狐先放在一边——即使要利用鬼狐，发为寓言，也须晓得寓言与现实是很难得谐调的，不如由正面去写人生才更恳切动人。

依着上述的原则去选择故事，我们应该选择复杂惊奇的故事呢，还是简单平凡的呢？据我看，应当先选取简单平凡的。故事简单，人物自然不会很多，把一两个人物写好，当然是比写二三十个人而没有一个成功的强多了。写一篇小说，假如写者不善描写风景，就满可以不写风景，不长于写对话，就满可以少写对话；可是人物是必不可缺少的，没有人便没有事，也就没有了小说。创造人物是小说家的第一项任务。把一件复杂热闹的事写得很清楚，而没有创造出人来，那至多也不过是一篇优秀的报告，并不能成为小说。因此，我说，应当先写简单的故事，好多注意到人物的创造。试看，世界上要数英国狄更司的小说的穿插最复杂了吧，可是有谁读过之后能记得那些钩心斗角的故事呢？狄更司到今天还有很多的读者，还被推崇为伟大的作家，难道是因为他的故事复杂吗？不！

他创造出许多的人哪！他的人物正如同我们的李逵、武松、黛玉、宝钗，都成为永远不朽的了。注意到人物的创造是件最上算的事。

为什么要选取平凡的故事呢？故事的惊奇是一种炫弄，

往往使人专注意故事本身的刺激性，而忽略了故事与人生有关系。这样的故事在一时也许很好玩，可是过一会儿便索然无味了。试看，在英美一年要出多少本侦探小说，哪一本里没有个惊心动魄的故事呢？可是有几本这样的小说成为真正的文艺的作品呢？这种惊心动魄是大锣大鼓的刺激，而不是使人三月不知肉味的感动。小说是要感动，不要虚浮的刺激。因此，第一，故事的惊奇，不如人与事的亲切；第二，故事的出奇，不如有深长的意味。假若我们能由一件平凡的故事中，看出他特有的意义，则人同此心，心同此理，它便具有很大的感动力，能引起普遍的同情心。小说是对人生的解释，只有这解释才能使小说成为社会的指导者。

也只有这解释才能把小说从低级趣味中解救出来。所谓《黑幕大观》一类的东西，其目的只在揭发丑恶，而并没有抓住丑恶的成因，虽能使读者快意一时，但未必不发生世事原来如此，大可一笑置之的犬儒态度。更要不得的是那类嫖经赌术的东西，作者只在嫖赌中有些经验，并没有从这些经验中去追求更深的意义，所以他们的文字只导淫劝赌，而绝对不会使人崇高。所以我说，我们应先选取平凡的故事，因为这足以使我们对事事注意，而养成对事事都探求其隐藏

第四章 大家谈创作

着的真理的习惯。有了这个习惯，我们既可以不愁没有东西好写，而且可以免除了低级趣味。客观事实只是事实，其本身并不就是小说，详密的观察了那些事实，而后加以主观的判断，才是我们对人生的解释，才是我们对社会的指导，才是小说。对复杂与惊奇的故事应取保留的态度，假若我们在复杂之中找不出必然的一贯的道理，于惊奇中找不出近情合理的解释，我们最好不要动手，因为一存以热闹惊奇见胜的心，我们的趣味便低级了。再说，就是老手名家也往往吃亏在故事的穿插太乱、人物太多；即使部分上有极成功的地方，可是全体的不匀调，顾此失彼，还是劳而无功。

在前面，我说写小说应先选择个故事。这也许小小的有点语病，因为在事实上，我们写小说的动机，有时候不是源于有个故事，而是有一个或几个人。我们倘然遇到一个有趣的人，很可能的便想以此人为主而写一篇小说。不过，不论是先有故事，还是先有人物，人与事总是分不开的。世界上大概很少没有人的事，和没有事的人。我们一想到故事，恐怕也就想到了人，一想到人，也就想到了事。我看，问题倒似乎不在于人与事来到的先后，而在于怎样以事配人，和以人配事。

换句话说，人与事都不过是我们的参考资料，须由我们调动运用之后才成为小说。

比方说，我们今天听到了一个故事，其中的主人翁是一个青年人。可是经我们考虑过后，我们觉得设若主人翁是个老年人，或者就能给这故事以更大的感动力；那么，我们就不妨替它改动一番。以此类推，我们可以任意改变故事或人物的一切。这就仿佛是说，那足以引起我们注意，以至想去写小说的故事或人物，不过是我们主要的参考材料。有了这点参考之后，我们须把毕生的经验都拿出来作为参考，千方百计的来使那主要的参考丰富起来，象培植一粒种子似的，我们要把水分、温度、阳光……都极细心的调处得适当，使他发芽，长叶开花。总而言之，我们须以艺术家自居，一切的资料是由我们支配的；我们要写的东西不是报告，而是艺术品——艺术品是用我们整个的生命、生活写出来的，不是随便的给某事某物照了个四寸或八寸的相片。我们的责任是在创作：假借一件事或一个人所要传达的思想，所要发生的情感与情调，都由我们自己决定，自己执行，自己做到。我们并不是任何事任何人的奴隶，而是一切的主人。

遇到一个故事，我们须亲自在那件事里旅行一次，不要急着忙着去写。旅行过了，我们就能发现它有许多不圆满的地方，须由我们补充。同时，我们也感觉到其中有许多事情是我们不熟悉或不知道的。我们要述说一个英雄，却未必不教英雄的一把手枪给难住。

那就该赶紧去设法明白手枪，别无办法。一个小说家是人生经验的百货店，货越充实，生意才越兴旺。

旅行之后，看出哪里该添补，哪里该打听，我们还要再进一步，去认真地扮作故事中的人，设身处地地去想象每个人的一切。是的，我们所要写的也许是短短的一段事实。

但是假若我们不能详知一切，我们要写的这一段便不能真切生动。在我们心中，已经替某人说过一千句话了，或者落笔时才能正确地用他的一句话代表出他来。有了极丰富的资料，深刻的认识，才能说到剪裁。我们知道十分，才能写出相当好的一分。小说是酒精，不是掺了水的酒。大至历史、民族、社会、文化，小至职业、相貌、习惯，都须想过，我们对一个人的描画才能简单而精确地写出，我们写的事必然是我们要写的人所能担负得起的，我们要写的人正是我们要写的事的必然的当事人。这样，我们的小说才能皮裹着肉，肉撑着皮，自然的相联，看不出虚构的痕迹。小说要完美如一朵鲜花，不要像二簧行头戏里的"富贵衣"。

对于说话、风景，也都是如此。小说中人物的话语要一方面负着故事发展的责任，另一方面也是人格的表现——某个人遇到某种事必说某种话。这样，我们不必要什么惊奇的言语，而自然能动人。因为故事中的对话是本着我们自己的及我们对人的精密观察的，再加上我们对这故事中人物的多方面想象的结晶。我们替他说一句话，正像社会上某种人遇到某种事必然说的那一句。这样的一句话，有时候是极平凡的，而永远是动人的。我们写风景也并不是专为了美，而是为加重故事的情调，风景是故事的衣装，正好似寡妇穿青衣，少女穿红裤，我们的风景要与故事人物相配备——使悲欢离合各得其动心的场所。小说中一草一木一虫一鸟都须有它的存在的意义。一个迷信神鬼的人，听了一声鸦啼，便要不快。一个多感的人看见一片落叶，便要落泪。明乎此，我们才能随时随地地搜取材料，准备应用。当描写的时候，才能大至人生的意义，小至一虫一蝶，随手拈来，皆成妙趣。

以上所言，系对小说中故事、人物、风景等做个笼统的报告，以时间的限制不能分项详陈。设若有人问我，照你所讲，小说似乎很难写了？我要回答也许不是件极难的事，但是总不大容易吧！

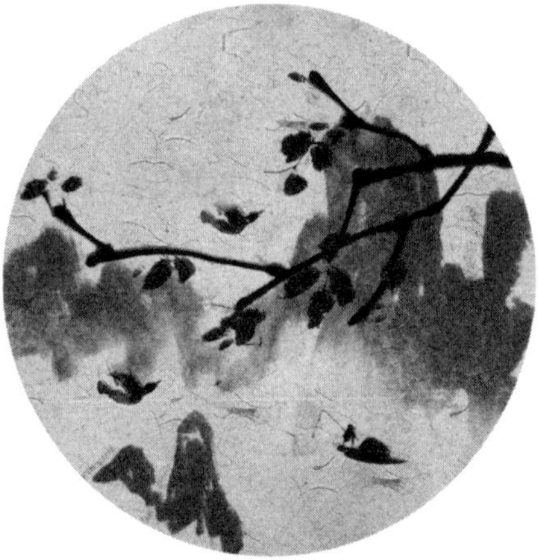

认识到的和没有认识的自己

(文 / 汪曾祺)

作家需要认识自己。"文章千古事,得失寸心知。"但是一个作家对自己为什么写,写了什么,怎么写的,往往不是那么自觉的。经过评论家的点破,才会更清楚。作家认识自己,有几宗好处。一是可以增加自信,我还是写了一点东西的。二是可以比较清醒,知道自己吃几碗干饭,可以心平气和,安分守己,不去和人抢行情,争座位。更重要的,认识自己是为了超越自己,开拓自己,突破自己。我应该还能搞出一点新东西,不能就是这样,磨道里的驴,老围着一个圈子转。认识自己,是为了寻找还没有认识的自己。

我写的小说的人和事大都是有一点影子的。有的小说,熟人看了,知道这写的是谁。当然不会一点不走样,总得有些想象和虚构。没有想象和虚构,不成其为文学。

想象和虚构的来源,还是生活。一是生活的积累,二是长时期的对生活的思考。一个作家发现生活里的某种现象,有所触动,感到其中的某种意义,便会储存在记忆里,可以作为想象的种子。其次，更重要的是对生活的思索，长期的，断断续续的思索。井淘三遍吃好水。生活的意义不是一次淘得清的。我有些作品在记忆里存放三四十年。好几篇作品都是一再重写过的。《求雨》的孩子是我在昆明街头亲见的，当时就很感动。他们敲着小锣小鼓所唱的求雨歌，不是任何一个作家所能编造得出来的。《职业》原来只写了一个卖椒盐饼子西洋糕的，这个孩子我是非常熟悉的。我改写了几次，始终不满意。到第四次，我才想起先写了文林街上六七种叫卖声音，把"椒盐饼子西洋糕"放在这样背景前面，这样就更苍凉地使人感到人世多苦辛，而对这个孩子被职业所固定，感到更大的不平。思索，不是抽象的思索，而是带着对生活的全部感悟，对生活的一角隅、一片段反复审视，从而发现更深邃，更广阔的意义。思索，始终离不开生活。

我对笔下的人物是充满同情的。我的小说有一些是写市民层的，我从小生活在一条街道上，接触的便是这些小人物。但是我并不鄙薄他们，我从他们身上发现一些美好的、善良的品行。于是我写了淡泊一生的钓鱼的医生，"涸辙之鲋，相濡以沫"的岁寒三友。我写的人物，有一些是可笑的，但是连这些可笑处也是值得同情的，我对他们的嘲笑不能过于尖刻。我的小说大都带有一点抒情色彩，因此，我曾自称是一个通俗抒情诗人。我的小说有一些优美的东西，可以使人得到安慰，得到温暖，但是我的小说没有什么深刻的东西。

我是一个极其平常的人。我没有什么深奥独特的思想。年轻时读书很杂。大学时读过尼采、叔本华。我比较喜欢叔本华。后来读过一点萨特，赶时髦而已。我读过一点子部书，有一阵对庄子很迷。但是我感兴趣的是其文章，不是他的思想。我大概受儒家思想影响比较大。一个中国人或多或少，总会接受一点儒家的影响。我觉得孔子是个很有人情的人，从《论语》里可以看到一个很有性格的活生生的人。孔子编选了一部《诗经》，为后代留下这样多的优美的抒情诗，是非常值得感谢的。"国风"到现在依然存在很大的影响，包括它的真纯的感情和回环往复，一唱三叹的形式。《诗经》对许多中国人的性格，产生很广泛的、潜在的作用。"温柔敦厚，诗之教也。"我就是在这样的诗教里长大的。我很奇怪，为什么论孔子的学者从来不把孔子和《诗经》联系起来。

我年轻时受过西方现代主义的影响，也可以说是摹仿。

后来不再摹仿了，因为摹仿不了。文化可以互相影响，互相渗透，但是一种文化就是一种文化，没有办法使一种文化和另一种文化完全一样。中国文学要全盘西化，搞出"真"现代派，是不可能的。因为你是中国人，你生活在中国文化的传统里，而这种传统是那样的悠久，那样的无往而不在。你要摆脱它，是办不到的。而且，为什么要摆脱呢？

最最无法摆脱的是语言。一个民族文化的最基本的东西是语言。汉字和汉语不是一回事。中国的识字的人，与其说是用汉语思维，不如说用汉字思维。汉字是象形字。形声字的形还是起很大作用。从木的和从水的字会产生不同的图像。汉字又有平上去入，这是西方文字所没有的。中国作家便是用这种古怪的文字写作的，中国作家对于文字的感觉和西方作家很不相同。中国文字有一些十分独特的东西，比如对仗、声调。对仗，是随时会遇到的。有人说某人用这个字，不用另一个意义相同的字，是"为声俊耳"。声"俊"不"俊"，外国人很难体会，但是作为一个中国作家是不能不注意的。

我是沈从文先生的学生，有人问我究竟从沈先生那里继承了什么。很难说是继承，只能说我愿意向沈先生学习什么。沈先生逝世后，在他的告别读者和亲友的仪式上，有一位新华社记者问我对沈先生的看法。在那种场合下，不遑深思，我只说了两点。其一沈先生是一个真诚的爱国主义者；其二他是我见到的真正淡泊的作家，这种淡泊不仅是一种"人"的品德，而且是一种"人"的境界。沈先生是爱中国的，爱得很深。我也是爱我们这个国的。中国尽管有这样那样的问题，这样那样的缺点，但它是我的国家。正如沈先生所说，在任何情况下，都不应丧失信心。

我没有荒谬感、失落感、孤独感。我并不反对荒谬感、失落感、孤独感，但是我觉得我们这样的社会，不具备产生这样多的感的条件。如果为了赢得读者，故意去表现本来没有，或者有也不多的荒谬感、失落感和孤独感，我以为不仅是不负责任，而且是不道德的。文学，应该使人获得生活的信心。淡泊，是人品，也是文品。一个甘于淡泊的作家，才能不去抢行情，争座位，才能真诚地写出自己所感受到的那点生活，不耍花招，不欺骗读者。

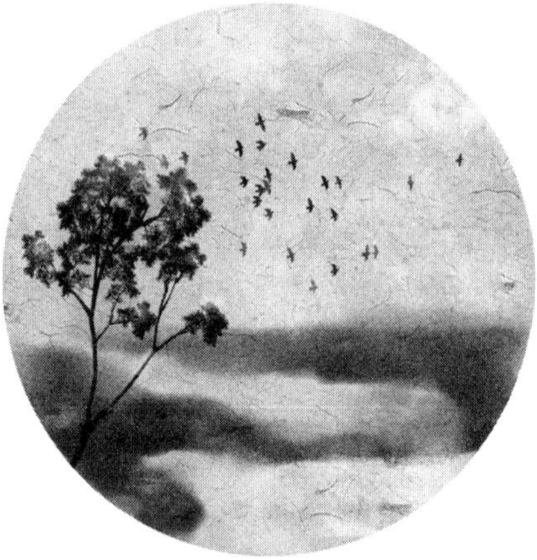

美学感情的需要和社会效果

(文／汪曾祺)

按说我写作的时间不是很短了,今年我62岁,开始写作才20岁。我的写作断断续续,大学时写了点东西,中华人民共和国成立前几年写了一些小说,出过一本集子。中华人民共和国成立后做编辑工作,没写什么。反右前写了点散文,1962、1963年写了点小说,又搁下十几年。1979—1981年写了二十来篇短篇小说,大部分反映的是中华人民共和国成立以前的生活,是我十六七岁以前在生活中捕捉的印象。我16岁离开老家,19岁在昆明西南联大上大学。我为什么要写反映我16岁前的生活的小说呢?我想,第一个原因,就是现在的气候很好。党的三中全会以后,思想解放深入人心,文艺呈现了蓬勃旺盛的景象,形势很好。形势好的标志,是创作题材和表现方法多样化,思想艺术都比较新鲜。一些青年同志在思想和艺术上追求探索的精神使我很感动,在这样的气候感召下,在一些同志的鼓励和督促下,我又开始写作。

一个人的创作不能不受社会条件的影响和制约，不可能是孤立的现象。这是一。第二个原因，是我的世界观比较成熟了。一个人到了我这样的年龄，一般说世界观已经成熟了。我年轻时写的那些作品，思想是迷惘的。在西南联大时，我接受了各式各样的思想影响，读的书很乱，读了不少西方现代派作品。我在大学一二年级写的那些东西，很不好懂，它们都没有保留下来。比如，那时我写的一首诗中有这样一句："所有的西边都是东边的西边。"这是什么东西呢？这是观念的游戏。我和许多青年人一样，搞创作，是从写诗起步的。一开始总喜欢追求新奇的、抽象的、晦涩的意境，有点"朦胧"。我们的同学中有人称我为"写那种别人不懂，他自己也不懂的诗的人"。大学二年级以后，受了西班牙作家阿左林的影响，写了一些很轻淡的小品文。有一个时期很喜爱A.纪德的作品，成天挟着一本纪德的书坐茶馆。那时萨特的书已经介绍进来了，我也读了一两本关于存在主义的书。虽然似懂不懂，但是思想上是受了影响的。离开学校后，不得不正视现实，对现实进行些自己的思考。但是因为没有正确的思想作指导，我的世界观是混乱的。中华人民共和国成立前一二年，我的作品是寂寞和苦闷的产物，对生活的态度是：无可奈何。作品中流露出揶揄，嘲讽，甚至是玩世不恭。中华人民共和国成立后三十多年来，接受了党的教育，接受了马列主义思想，中华人民共和国成立前思想中的那些乱七八糟的东西基本没有了。中华人民共和国成立后我的生活道路也给了我很深的教育，不平坦的生活道路对我个人来说也不是没有好处的。经过长久的学习和磨炼，我的人生观比较稳定，比较清楚了，因此对过去的生活看得比较真切了。人到晚年，往往喜欢回忆童年和青年时期的生活。但是，你用什么观点去观察和表现它呢？用比较明净的世界观，才能看出过去生活中的美和诗意。一个人的世界观不能永远混乱下去，短期可以，长期是不行的。听说萨特的存在主义在我们青年中相当有影响，当然可能跟我们年轻时所受的影响有所不同，有些地方使我感到陌生，有些地方似曾相识。我感到还是马克思主义好些，因为它能解决我们生活中所碰到的问题。

我写《受戒》的冲动是很偶然的，有天早晨，我忽然想起这篇作品中所表现的那段生活。这段生活当然不是我的生活。不少同志问我，你是不是当过和尚？我没有当过和尚。不过我曾在和尚庙里住过半年多。作品中那几个和尚的生活不是我造出来的。作品中姓赵的那一家,在实际生活中确实有那么一家。这家人给我的印象很深。当时我的年龄正是作品中小和尚的那个年龄。我感到作品中小英子那个农村女孩子情绪的发育是正常的、健康的,感情没有被扭曲。这种生活,这种生活样式,在当时是美好的,因此我想把它写出来。想起来了,我就写了。写之前,我跟个别同志谈过,他们感到很奇怪:你为什么要写这个作品?写它有什么意义?再说到哪里去发表呢?我说,我要写,写了自己玩;我要把它写得很健康,很美,很有诗意。这就叫美学感情的需要吧。创作应该有这种感情需要。我写《大淖记事》也是这样的。大淖这个地方离那时我的家不远,我几乎天天去玩。我写的那些挑夫,不住在大淖,住在另一个地方,叫月塘。那些挑夫不是穿长衫念子曰的人,他们的是非标准、伦理道德观念跟我周围的人不一样,他们是更高尚的人,虽然他们比较粗野。月塘边住着一个姓戴的轿夫,得了象腿病(血丝虫病)。一个抬轿的得了这种病,就完了。他的老婆本是个头发蓬乱的普通女人,从来没有出头露面。丈夫得了这种病,她毅然出来当了"挑夫",把头发梳得光光的,人变得很干净利落,也漂亮了。我觉得她很高贵。《大淖记事》最后巧云的形象，是从这个轿夫的老婆身上汲取的。小时候我听到过一个小锡匠的恋爱史。这个小锡匠曾被人打死过去，用尿碱救活了，这些都是真的。锡匠们挑着担子去游行，这也是我亲眼见到的。写了《受戒》以后，我忽然想起这件事，并且非要把它表现出来不可，一定要把这样一些具有特殊风貌的劳动者写出来，把他们的情绪、情操、生活态度写出来，写得更美、更富于诗意。没有地方发表，写出来自己玩，这就是美学感情的需要。接着就发生了第二个问题，这样的东西有什么作用？周总理在广州会议上说过，文学有四个功能：教育作用，认识作用，美感作用，娱乐作用。有人说，你的这些作品写得很美，美感作用是有的；认识作用也有，可以了解当时劳动人民的道德情操；娱乐作用也是有的，有点幽默感，用北京话说很"逗"，看完了，使人会心一笑；教育作用谈不上。对这种说法，我一半同意，一半不同意。说我的这些东西一点教育作用没有，我不大服气。完全没有教育作用只有美感作用的作品是很少的，除非是纯粹的唯美主义的作品。写作品应该想到对读者起什么样的心理上的作用。我要运用普通朴实的语言把生活写得很美，很健康，富于诗意，这同时也就是我要想达到的效果。虽然我的作品所反映的生活跟现实没有直接关系，跟四化没有直接关系。我想把生活中真实的东西、美好的东西、人的美、人的诗意告诉人们，使人们的心灵得到滋润，增强对生活的信心、信念。我的世界观的变化，其中也包含这个因素：欢乐。我觉得我作品的情绪是向上的、欢乐的，不是低沉的，跟中华人民共和国成立前的作品不一样。生活是美好的，有前途的，生活应该是快乐的，这就是我所要达到的效果。

我写旧社会少男少女健康、优美的爱情生活，这也是有感而发的。有什么感呢？我感到现在有些青年在爱情婚姻上有物质化、庸俗化的倾向，有的青年什么都要，就是不要纯洁的爱情。我并不是很有意识地要针对时弊写作品来振聋发聩，但确是有感而发的。以前，我写作品从不考虑社会效果，发表作品寄托个人小小的哀乐，得到二三师友的欣赏，也就满足了。这几年我感到效果问题是个很严肃的问题。原来以为我的作品的读者面很窄，现在听说并不完全这样，有些年轻人，包括一些青年工人和农村干部也在看我的作品，这对我是很新奇的事，我感到很惶恐。我的作品到底给了别人一点什么呢？对人家的心灵起什么作用呢？一个作品发表后，不是起积极作用，就是消极作用，不是提高人的精神境界，就是使人迷惘、颓丧，总会有这样那样的作用。我感到写作不是闹着玩的事，就像列宁所指出的那样，作者就是这样写，读者就是那样读，用四川的话说，没有这么"撒脱"。我的作品反映的是中华人民共和国成立前的生活，对当前的现实有多大的影响，很难说，但我有个朴素的古典的中国式的想法，就是作品要有益于世道人心。过去有人说，文章千古事，得失寸心知。得失首先是社会的得失。作者写作时对自己的作品的效果不可能估计得十分准确，但你总应有个良好的写作愿望。

有些作者不愿谈社会效果，我是要考虑这个问题的。一个作品写出来放着，是个人的事情，发表了，就是社会现象。作者要有"良心"，要对读者负责。当然也有这样的可能，作者对自己作品的思想内涵考虑得多了，会带来概念化、思想大于形象的问题。但我认为，只要你忠于自己的美感需要，不去图解当前的某种口号，不是无动于衷，这个问题是可以避免的。

我的创作生涯

(文／汪曾祺)

我生在一个地主家庭。祖父是清朝末科的拔贡，——从他那一科以后，就"废科举，改学堂"了。他对我比较喜欢。有一年暑假，他忽然高了兴，要亲自教我《论语》。我还在他手里"开"了"笔"，做过一些叫作"义"的文体的作文。"义"就是八股文的初步。我写的那些作文里有一篇我一直还记得："孟子反不伐义。"孟子反随国君出战，兵败回城，他走在最后。事后别人给他摆功，他说："非敢后也，马不前也。"为什么我对孟子反不伐其功留下深刻的印象呢？现在想起来，这一小段《论语》是一篇极短的小说：有人物，有情节，有对话。小说，或带有小说色彩的义章，是会给人留下深刻的印象的。并且，这篇极短的小说对我的品德的成长，是有影响的。小说，对人是有作用的。我在后面谈到文学功能的问题时还会提到。我的父亲是个很有艺术气质的人。他会画画，刻图章，拉胡琴，摆弄各种乐器，糊风筝。他糊的蜈蚣（我们那里叫作"百脚"）是用胡琴的老弦放的。用胡琴弦放风筝，我还没有见过第二人。如果说我对文学艺术有一点"灵气"，大概跟我从父亲那里接受来的遗传基因有点关系。我喜欢看我父亲画画。我喜欢"读"画帖。我家里有很多有正书局珂罗版影印的画帖，我就一本一本地反复地看。我从小喜欢石涛和恽南田，不喜欢仇十洲，也不喜欢王石谷。倪云林我当时还看不懂。我小时也"以画名"，一直想学画。高中毕业后，曾想投考当时在昆明的杭州美专。直到四十多岁，我还想彻底改行，到中央美术学院从头学画。我的喜欢看画，对我的文学创作是有影响的。我把作画的手法融进了小说。有的评论家说我的小说有"画意"，这不是偶然的。我对画家的偏爱，也对我的文学创作有影响。我喜欢疏朗清淡的风格，不喜欢繁复浓重的风格，对画，对文学，都如此。

一个人能成为作家，跟小时候所受的语文教育，跟所师事的语文教员很有关系。从小学五年级到初中三年级，教我们语文(当时叫作"国文")，都是高北溟先生。我有一篇小说《徙》，写的就是高先生。小说，当然会有虚构，但是基本上写的是高先生。高先生教国文，除了部定的课本外，自选讲义。我在《徙》里写他所选的文章看来有一个标准：有感慨，有性情，平易自然。这些文章有一个贯串性的思想倾向，这种倾向大体上可以归结为："人道主义"，是不错的。他很喜欢归有光，给我们讲了《先妣事略》《项脊轩志》。我到现在还记得他讲到"世乃有无母之人，天乎痛哉""庭有枇杷树，吾妻死之年所手植也，今已亭亭如盖矣"的时候充满感情的声调。有一年暑假，我每天上午到他家里学一篇古文，他给我讲的是"板桥家书""板桥道情"。我的另一位国文老师是韦子廉先生。韦先生没有在学校里教过我。我的三姑父和他是朋友，一年暑假请他到家里来教我和我的一个表弟。韦先生是我们县里有名的书法家，写魏碑，他又是一个桐城派。韦先生让我每天写大字一页，写《多宝塔》。他教我们古文，全部是桐城派。我到现在还能背诵一些桐城派古文的片段。印象最深的是姚鼐的《登泰山记》。"苍山负雪，明烛天南。望晚日照城郭，汶水、徂徕如画，而半山居雾若带然。""苍山负雪，明烛天南。"我当时就觉得写得非常的美。这几十篇桐城派古文，对我的文章的洗练，打下了比较坚实的基础。

　　一九三八年，我们一家避难在乡下，住在一个小庙，就是我的小说《受戒》所写的庵子里。除了准备考大学的数理化教科书外，所带的书只有两本，一本屠格涅夫的《猎人笔记》，一本《沈从文选集》，我就反反复复地看这两本书，这两本书对我后来的写作，影响极大。

一九三九年，我考入西南联大的中国文学系，成了沈从文先生的学生。沈先生在联大开了三门课，一门"各体文习作"，是中文系二年级必修课；一门"创作实习"，一门"中国小说史"。沈先生是凤凰人，说话湘西口音很重，声音又小，简直听不清他说的是什么。他讲课可以说是毫无系统。没有课本，也不发讲义。只是每星期让学生写一篇习作，第二星期上课时就学生的习作讲一些有关的问题。"创作实习"由学生随便写什么都可以，"各体文习作"有时会出一点题目。我记得他给我的上一班出过一个题目：《我们的小庭院有什么》。有几个同学写的散文很不错，都由沈先生介绍在报刊上发表了。他给我的下一班出过一个题目，这题目有点怪：《记一间屋子的空气》。我那一班他出过什么题目，我倒记不得了。沈先生的这种办法是有道理的，他说："先得学会车零件，然后才能学组装。"现在有些初学写作的大学生，一上来就写很长的大作品，结果是不吸引人，不耐读，原因就是"零件"车得少了，基本功不够。沈先生讲创作，讲得最多的一句话，是"要贴到人物写"。我们有的同学不懂这话是什么意思。照我的理解，他的意思是：小说里，人物是主要的，主导的；其余部分都是次要的，派生的。作者的感情要随时和人物贴得很紧，和人物同呼吸，共哀乐。不能离开人物，自己去抒情，发议论。作品里所写的景象，只是人物生活的环境。所写之景，既是作者眼中之景，也是人物眼中之景，是人物所能感受的，并且是浸透了他的哀乐的。环境，不能和人物游离，脱节。用沈先生的说法，是不能和人物"不相粘附"。他的这个意思，我后来把它称为"气氛即人物"。这句话有人觉得很怪，其实并不怪。作品的对话得是人物说得出的话，如李笠翁所说："写一人即肖一人之口吻。"我们年轻时往往爱把对话写得很美，很深刻，有哲理，有诗意。我有一次写了这样一篇习作，沈先生说："你这不是对话，是两个聪明脑壳打架。"对话写得越平常，越简单，越好。托尔斯泰说过："人是不能用警句交谈的。"如果有两个人在火车站上尽说警句，旁边的人大概会觉得这二位有神经病。沈先生这句简单的话，我以为是富有深刻的现实主义精神的。沈先生教写作，用笔的时候比用口的时候多。他常常在学生的习作后面写很长的读后感（有时比原作还长），或谈这篇作品，或由此生发开去，谈有关的创作问题。这些读后感都写得很精彩，集中在一起，会是一本很漂亮的文论集。可惜一篇也没有保存下来，都失散了。沈先生教创作，还有一个独到的办法。看了学生的习作，找了一些中国和外国作家用类似的方法写成的作品，让学生看，看看人家是怎么写的，我记得我写过一篇《灯下》（这可能是我发表的第一篇小说），写一个小店铺在上灯以后各种人物的言谈行动，无主要人物，主要情节，散散漫漫，是所谓"散点透视"吧。沈先生就找了几篇这样写法的作品叫我看，包括他自己的《腐烂》。这样引导学生看作品，可以对比参照，触类旁通，是会收到很大效益，很实惠的。

创作能不能教，这是一个世界性的争论的问题。我以为创作不是绝对不能教，问题是谁来教，用什么方法教。教创作的，最好本人是作家。教，不是主要靠老师讲，单是讲一些概论性的空道理，大概不行。主要是让学生去实践，去写，自己去体会。沈先生把他的课程叫作"习作""实习"，是有道理的。沈先生教创作的方法，我以为不失为一个较好的方法。

我20岁开始发表作品，今年70岁了，写作生涯整整经过了半个世纪，但是写作的数量很少。我的写作中断了几次。有人说我的写作经过了一个三级跳，可以这样说。40年代写了一些。60年代初写了一些。当中"文化大革命"，搞了十年"样板戏"。80年代后小说、散文写得比较多。有一个朋友的女儿开玩笑说"汪伯伯是大器晚成"。我绝非"大器"，——我从不写大作品，"晚成"倒是真的。文学史上像这样的例子不是很多。不少人到六十岁就封笔了，我却又重新开始了。是什么原因，这里不去说它。

有一位评论家说我是唯美的作家。"唯美"本不是属于"坏话类"的词，但在中国的名声却不大好。这位评论家的意思无非是说我缺乏社会责任感，使命感，我的作品没有强烈的现实意义和教育作用。我于此别有说焉。教育作用有多种层次。有的是直接的。比如看了《白毛女》，义愤填膺，当场报名参军打鬼子。也有的是比较间接的。一个作品写得比较生动，总会对读者的思想感情、品德情操产生这样那样的作用。比如读了孟子反不伐，我不会立刻变得谦虚起来，但总会觉得这是高尚的。作品对读者的影响常常是潜在的，过程很复杂，是所谓"潜移默化"。正如杜甫诗《春雨》中所说："随风潜入夜，润物细无声。"我曾经说过，我希望我的作品能有益于世道人心，我希望使人的感情得到滋润，让人觉得生活是美好的，人，是美的，有诗意的。你很辛苦，很累了，那么坐下来歇一会，喝一杯不凉不烫的清茶，——读一点我的作品。我对生活，基本上是一个乐观主义者，我认为人类是有前途的，中国是会好起来的。我愿意把这些朴素的信念传达给人。我没有那么多失落感、孤独感、荒谬感、绝望感。我写不出卡夫卡的《变形记》那样痛苦的作品，我认为中国也不具备产生那样的作品的条件。

一个当代作家的思想总会跟传统文化、传统思想有些血缘关系。但是作家的思想是一个复合体，不会专宗哪一种传统思想。一个人如果相信禅宗佛学，那他就出家当和尚去得了，不必当作家。废名晚年就是信佛的，虽然他没有出家。有人说我受了老庄思想的影响，可能有一些。我年轻时很爱读《庄子》。但是我自己觉得，我还是受儒家思想影响比较大一些。我觉得孔子是个通人情，有性格的人，他是个诗人。我不明白，为什么研究孔子思想的人，不把他和"删诗"联系起来。他编选了一本抒情诗的总集——《诗经》，为什么？我很喜欢《论语·子路曾晳冉有公西华侍坐》，"暮春者，春服即成，冠者五六人、童子六七人，浴乎沂，风乎舞雩，咏而归。"曾点的这种潇洒自然的生活态度是很美的。这倒有点近乎庄子的思想。我很喜欢宋儒的一些诗："万物静观皆自得，四时佳兴与人同。""顿觉眼前生意满，须知世上苦人多。""生意满"，故可欣喜，"苦人多"，应该同情。我的小说所写的都是一些小人物、"小儿女"，我对他们充满了温爱，充满了同情。我曾戏称自己是一个"中国式的抒情人道主义者"，大致差不离。

前几年，北京市作协举行了一次我的作品的讨论会，我在会上做了一个简短的发言，题目是《回到现实主义，回到民族传统》。为什么说"回到"呢？因为我在年轻时曾经受过西方现代派的影响。台湾一家杂志在转载我的小说的前言中，说我是中国最早使用意识流的作家。不是这样。在我以前，废名、林徽因都曾用过意识流方法写过小说。不过我在20多岁时的确有意识地运用了意识流。我的小说集第一篇《复仇》和台湾出版的《茱萸集》的第一篇《小学校的钟声》，都可以看出明显的意识流的痕迹。后来为什么改变原先的写法呢？有社会的原因，也有我自己的原因。简单地说：我是一个中国人。我觉得一个民族和另一个民族无论如何不会是一回事。中国人学习西方文学，绝不会像西方文学一样，除非你侨居外国多年，用外国话思维。我写的是中国事，用的是中国话，就不能不接受中国传统，同时也就不能不带有现实主义色彩。语言，是民族传统的最根本的东西。不精通本民族的语言，就写不出具有鲜明的民族特点的文学。但是我所说的民族传统是不排除任何外来影响的传统，我所说的现实主义是能容纳各种流派的现实主义。比如现代派、意识流，本身并不是坏东西。我后来不是完全排除了这些东西。我写的小说《求雨》，写望儿的父母盼雨。他们的眼睛是蓝的，求雨的望儿的眼睛是蓝的，看着求雨的孩子的过路人的眼睛也是蓝的，这就有点现代派的味道。《大淖记事》写巧云被奸污后错错落落，飘飘忽忽的思想，也还是意识流。不过，我把这些融入了平常的叙述语言之中了，不使它显得"硌生"。我主张纳外来于传统，融奇崛于平淡，以俗为雅，以故为新。

关于写作艺术，今天不想多谈，我也还没有认真想过，只谈一点：我非常重视语言，也许我把语言的重要性推到了极致。我认为语言不只是形式，本身便是内容。语言和思想是同时存在，不可剥离的。语言不仅是所谓"载体"，它是作品的本体。一篇作品的每一句话，都浸透了作者的思想感情。我曾经说了一句话：写小说就是写语言。语言是一种文化现象。谁也没有创造过一句全新的语言。古人说：无一字无来历。我们的语言都是有来历的，都是从前人的语言里继承下来，或经过脱胎、翻改。语言的后面都有文化的积淀。一个人的文化修养越高，他的语言所传达的信息就会更多。毛主席写给柳亚子的诗"落花时节读华章"，"落花时节"不只是落花的时节，这是从杜甫《江南逢李龟年》里化用出来的。杜甫的原诗是：

岐王宅里寻常见，

崔九堂前几度闻。

正是江南好风景，

落花时节又逢君。

"落花时节"就包含了久别重逢的意思。

语言要有暗示性，就是要使读者感受到字面上所没有写出来的东西，即所谓言外之意，弦外之音。朱庆馀的《近试上张水部》，写的是一个新嫁娘：

洞房昨夜停红烛，

待晓堂前拜舅姑。

妆罢低声问夫婿，

画眉深浅入时无？

诗里并没有写出这个新嫁娘长得怎么样，但是宋人诗话里就指出，这一定是一个绝色的美女。因为字里行间已经暗示出来了。语言要能引起人的联想，可以让人想见出许多东西。因此，不要把可以不写的东西都写出来，那样读者就没有想象余地了。

语言是流动的。

有一位评论家说：汪曾祺的语言很怪，拆开来没有什么，放在一起，就有点味道。我想谁的语言都是这样，每一句都是平常普通的话，问题就在"放在一起"，语言的美不在每一个字，每一句，而在字与字之间，句与句之间的关系。包世臣论王羲之的字，说他的字单看一个一个的字，并不觉得怎么美，甚至不很平整，但是字的各部分，字与字之间"如老翁携带幼孙，顾盼有情，痛痒相关"。文学语言也是这样，句与句，要互相映带，互相顾盼。一篇作品的语言是有一个整体，是有内在联系的。文学语言不是像砌墙一样，一块砖一块砖叠在一起，而是像树一样，长在一起的，枝干之间，汁液流转，一枝动，百枝摇。语言是活的。中国人喜欢用流水比喻行文。苏东坡说"大略如行云流水""吾文如万斛泉源"。说一个人的文章写得很顺,不疙里疙瘩的,叫作"流畅"。写一个作品最好全篇想好,至少把每一段想好,不要写一句想一句。那样文气不容易贯通,不会流畅。

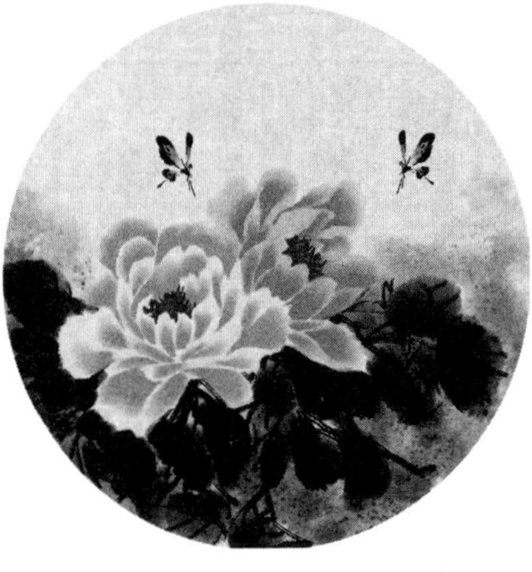

选择与安排

（文／朱光潜）

在作文运思时，最重要而且最艰苦的工作不在搜寻材料，而在有了材料之后，将它们加以选择和安排，这就等于说，给它们一个完整有生命的形式。材料只是生糙的钢铁，选择与安排才能显出艺术的锤炼刻画。就生糙的材料说，世间可想到可说出的话在大体上都已经从前人想过说过；然而后来人却不能因此就不去想不去说，因为每个人有他的特殊生活情境与经验，所想所说的虽大体上仍是那样的话，而想与说的方式却各不相同。变迁了形式，就变迁了内容。所以他所想所说尽管在表面上是老生常谈，而实际上却可以是一种新鲜的作品，如果选择与安排给了它一个新的形式，新的生命。"袅袅兮秋风，洞庭波兮木叶下"在大体上和"菡萏香销翠叶残，西风愁起绿波间"表现同样的情致，而各有各的佳妙处，所以我们不能说后者对于前者是重复或是抄袭。莎士比亚写过夏洛克以后，许多作家接着写过同样典型的守财奴（莫里哀的阿尔巴贡和巴尔扎克的葛朗台是著例），也还是一样入情入理。材料尽管大致相同，每个作家有他不同的选择与安排，这就是说，有他的独到的艺术手腕，所以仍可以有他的特殊的艺术成就。

最好的文章，像英国小说家斯威夫特所说的，须用"最好的字句在最好的层次"。找到好的字句要靠选择，找最好的层次要靠安排。其实这两桩工作在人生各方面都很重要，立身处世到处都用得着，一切成功和失败的枢纽都在此。在战争中我常注意用兵，觉得它和作文的诀窍完全相同。善将兵的人都知道兵在精不在多。精兵一人可以抵得许多人用，疲癃残疾和没有训练、没有纪律的兵愈多愈不易调动，反而成为累赘或障碍。一篇文章中每一个意思或字句就是一个兵，你在调用之前，须加一番检阅，不能作战的，须一律淘汰，只留下精锐，让他们各站各的岗位，各发挥各的效能。排定岗就是摆阵势，在文章上叫作"布局"。调兵布阵时，步、骑、炮、工、辎须有联络照顾，将、校、尉、士、卒须按部就班，全战线的中坚与侧翼，前锋与后备，必须有条不紊。虽是精锐，如果摆布不周密，纪律不严明，那也就成为乌合之众，打不来胜仗。文章的布局也就是种阵势，每一段就是一个队伍，摆在最得力的地位才可以发挥最大的效用。

文章的通病总不外两种，不知选择和不知安排。第一步是选择。斯蒂文森说：文学是"裁剪的艺术"。裁剪就是选择的消极方面。有选择就必有排弃，有割爱。在兴高采烈时，我们往往觉得自己所想到的意思样样都好，尤其是费过苦心得来的，要把它一笔勾销，似未免可惜。所以割爱是大难事，它需要客观地冷静，尤其需要谨严的自我批评。不知选择大半由于思想的懒惰和虚荣心所生的错觉。遇到一个题目来，不肯朝深一层想，只浮光掠影地凑合一些实在是肤浅陈腐而自以为新奇的意思，就把它们和盘托出。我常看大学生的论文，把一个题目所有的话都一五一十地说出来，每一点都约略提及，可是没有一点说得透彻，甚至前后重复或自相矛盾。如果有几个人同做一个题目，说的话和那话说出来的形式都大半彼此相同，看起来只觉得"天下乌鸦一般黑"。这种文章如何能说服读者或感动读者？这里我们可以再用兵打比譬，用兵致胜的要诀在占领要塞，击破主力。要塞既下，主力既破，其余一切就望风披靡，不攻自下。古人所以有"射人先射马，擒贼先擒王"的说法。如果虚耗兵力于无战略性的地点，等到自己的实力消耗尽了，敌人的要塞和主力还屹然未动，那还能希望打什么胜仗；做文章不能切中要害，错误正与此相同。在艺术和在自然一样，最有效的方式常是最经济的方式，浪费不仅是亏损而且也是伤害。与其用有限的力量于十件事上而不能把任何一件事做得好，不如以同样的力量集中在一件事上，把它做得斩钉截铁。做文章也是如此。世间没有说得完的话，你想把它说完，只见得你愚蠢；你没有理由可说人人都说话，除非你比旁人说得好，而这却不是把所有的话都说完所能办到的。每篇文章必有一个主旨，你须把着重点完全摆在这个主旨上，在这上面鞭辟入里，洪染尽致，使你所写的事理情感成一个世界，突出于其他一切世界之上，像浮雕突出于石面一样。读者看到，马上就可以得到一个强有力的印象，不由得他不受说服和感动。这就是选择，这就是攻坚破锐。

我们最好拿戏剧、小说来说明选择的道理。戏剧和小说都描写人和事。人和事的错综关系向来极繁复，一个人和许多人有因缘，一件事和许多事有联络，如果把这种关系辗转追溯下去，可以推演到无穷。一部戏剧或小说只在这无穷的人事关系中割出一个片段来，使它成为一个独立自主的世界，许多在其他方面虽有关系而在所写的一方面无大关系的事事物物，都须斩断撇开。我们在谈劫生辰纲的梁山泊好汉，生辰纲所要送到的那个豪贵场合也许值得描写，而我们却不能去管。谁不想知道哈姆雷特在威登堡的留学生活，但是我们现在只谈他的家庭悲剧，时间和空间的限制都不许我们搬到威登堡去看一看。再就划定的小范围来说，一种小说或戏剧须取一个主要角色或主要故事做中心，其余的人物故事穿插，须能烘托这主角的性格或理清这主要故事的线索，适可而止，多插一个或一件事就显得臃肿繁芜。再就一个角色或一个故事的细节来说，那是数不尽的，你必须有选择，而选择某一细节，必须有它典型性，选了它其余无数细节就都可不言而喻。悭吝人到处悭吝，吴敬梓在《儒林外史》里写严监生只挑选他临死时看见油灯里有两茎灯芯不闭眼一事。《红楼梦》对于妙玉着笔最少，而她那一副既冷僻又不忘情的心理却令我们一见不忘。刘姥姥吃过的茶杯她叫人掷去，却将自己用的绿玉斗斟茶给宝玉；宝玉做寿，众姊妹闹得欢天喜地，她一人枯坐参禅，却暗地递一张粉红笺的贺帖。寥寥数笔，把一个性格，一种情境，写得活灵活现。在这些地方多加玩索，我们就可悟出选择的道理。

　　选择之外，第二件事就是安排，就是摆阵势。兵家有所谓"常山蛇阵"，它的特点是"击首则尾应，击尾则首应，击腹则首尾俱应"。亚里士多德在《诗学》里论戏剧结构说它要完整，于是替"完整"一词下了一个貌似平凡而实精深的定义："我所谓完整是指一件事物有头，有中段，有尾。头无须有任何事物在前面笼盖着，而后面却必须有事物承接着。中段要前面既有事物笼盖着，后面又有事物承接着。尾须有事物在前面笼盖着，却不须有事物在后面承接着。"这与"常山蛇阵"的定义其实是一样。用近代语言来说，一个艺术品必须为完整的有机体，必须是一件有生命的东西。有生命的东西第一须有头有尾有中段，第二是头尾和中段各在必然的地位，第三是有一股生气贯注于全体，某一部分受影响，其余各部分不能麻木不仁。一个好的阵形应如此，一篇好的文章布局也应如此。一段话如果丢去仍于全文无害，那段话就是赘疣，一段话如果搬动位置仍于全文无害，那篇文章的布局就欠斟酌。布局愈松懈，文章的活力就愈薄弱。

从前中国文人讲文章义法，常把布局当作呆板的形式来谈，例如全篇局势须有起承转合，脉络须有起伏呼应，声调须有抑扬顿挫，命意须有正反侧，如作字画，有阴阳向背。这话固然也有它们的道理，不过它们是由分析作品得来的，离开作品而空谈义法，就不免等于纸上谈兵。我们想懂得布局的诀窍，最好是自己分析完美的作品；同时，自己在写作时，多费苦心衡量斟酌，最好的分析材料是西方戏剧杰作，因为它们的结构通常都极严密。习作戏剧也是学布局的最好方法，因为戏剧须把动作表现于有限时间与有限空间之中，如果起伏呼应不紧凑，就不能集中观众的兴趣，产生紧张的情绪。我加史部要籍如《左传》《史记》之类在布局上大半也特别讲究，值得细心体会。一篇完美的作品，如果细细分析，在结构上必具备下面的两个要件：

第一是层次清楚。文学像德国学者莱辛所说的，因为用在时间上承续的语文为媒介，是沿着一条线绵延下去。如果同时有许多事态线索，我们不能把它们同时摆在一个平面上，如同图画上许多事物平列并存；我们必须把它们在时间上分先后，说完一点，再接着说另一点，如此生长下去。这许多要说的话，谁说在先，谁说在后，须有一个层次。层次清楚，才有上文所说的头尾和中段。文章起头最难，因为起头是选定出发点，以后层出不穷的意思都由这出发点顺次生发出来，如幼芽生发出根叶。文章有生发才能成为完整的有机体。所谓"生发"，是上文意思生发下文意思，上文有所生发，下文才有所承接。文章的"不通"有多种，最厉害的是上气不接下气，上段一句的意思没有交代清楚就搁起，下段下句的意思没有伏根就突然出现。顺着意思的自然生长脉络必有衔接，不致有脱节断气的毛病，而且意思可以融贯，不致有前后矛盾的毛病。打自己的耳光，是文章最大的弱点。章实斋在韩退之《送孟东野序》里挑出过一个很好的例。上文说"凡物不得其平则鸣"，下文接着说"伊尹鸣殷，周公鸣周"，伊尹、周公并非不得其平。这是自相矛盾，下文意思不是从上文意思很逻辑地生发出来。意思互相生发，就能互相呼应，也就能以类相聚，不相杂乱。杂乱有两种：一是应该在前一段说的话遗漏着不说，到后来一段不很相称的地方勉强插进去；一是在上文已说过的话到下文再重复说一遍。这些毛病的根由都在思想疏懈。思想如果谨严，条理自然缜密。

第二是轻重分明。文章不仅要分层次，尤其要分轻重。轻重犹如图画的阴阳光影，一则可以避免单调，起抑扬顿挫之致；二则轻重相形，重者愈显得重，可以产生较强的效果。一部戏剧或小说如果不分宾主，群龙无首，必定显得零乱芜杂。一篇说理文如果有五六层意思都平铺并重，它一定平滑无力，不能说服读者。艺术的特征是完整，完与整是相因的，整一才能完美。在许多意思并存时，想产生整一印象，它们必须轻重分明。文章无论长短，一篇须有一篇的主旨，一段须有一段的主旨。主旨是纲，由主旨生发出来的意思是目。纲必须能领目，目必须附丽于纲，尊卑就序，然后全体自能统一。"譬如北辰居其所而众星拱之"。一篇文章的主旨应有这种气象，众星也要分大小远近。主旨是着重点，有如照相找影的焦点，其余所有意思都附在周围，渐远渐淡。在文章中显出轻重通常不外两种办法：第一是在层次上显出。同是一个意思，摆的地位不同，所生的效果也就不同。不过我们不能指定某一地位是天然的着重点。起头有时可以成为着重点，因为它笼盖全篇，对读者可以生"先入为主"的效果；收尾通常不能不着重，虎头蛇尾是文章的大忌讳，作家往往一层深入一层地掘下去，不断地引起读者的好奇心，使他不能不读到终了，到终了主旨才见分晓，故事才告结束，谜语才露谜底。中段承上启下，也可以成为着重点，戏剧的顶点大半落在中段，可以为证。一个地位能否成为着重点，全看作者渲染烘托的技巧如何，我们不能定出法则，但是可以从分析名著（尤其是叙事文）中探得几分消息。其次轻重可以在篇幅分量上显出。就普遍情形说，意思重要，篇幅应占多；意思不重要，篇幅应占少。这不仅是为着题旨醒豁，也是要在比例匀称上显出一点波澜节奏，如同图画上的阴阳。轻重倒置在任何艺术作品中都是毛病。不过这也不能一概而论，名手立论或叙事，往往在四面渲染烘托，到了主旨所在，有如画龙点睛反而轻描淡写地掠过去，不多着笔墨。

从上面的话看来，我们可以知道文章有一定的理，没有一定的法。所以我们只略谈原理，不像一般文法修辞书籍，在义法上多加剖析。"大匠能诲人以规矩，不能使人巧。"知道文章作法，不一定就作出好文章。艺术的基本原则是寓变化于整齐，整齐易说，变化则全靠心灵的妙运，这是所谓"神而明之，存乎其人"了。

非虚构写作与非虚构文学

(文/冯骥才)

近两年,文学领域内一个词儿热了起来,就是:非虚构。非虚构写作的历史并不算短,当今"非虚构热"与两个因素直接有关:一个是来自于艾利斯那本著名的书《开始写吧!非虚构文学创作》;再一个是白俄罗斯女作家阿列克谢耶维奇的《切尔诺贝利的回忆:核灾难口述史》获得诺贝尔文学奖带来的激发。非虚构写作竟然也能得到诺奖评委的接受,这似乎超出人们的意料。

伴随着这个颇有些时髦意味的非虚构热,一个问题出来了。什么是"非虚构"?它是一种"旧瓶装新酒",还是新的写作方式,一种新的文学体裁或理念,抑或是一种写作教育?现在还没人能解释清楚。这样,非虚构就成了一个大袋子,所有虚构性创作之外的传统写作,都涌了进来。报告文学、纪实文学、散文、传记和自传、口述史、新闻写作、人类学访谈等等。

对于一个新出现的概念是需要理论来界定的。

比如现在的口述史写作领域也有点乱。最早是出现在史学界的历史学的口述史，后来加入了人类学的口述史，文学口述史。近两年我们又给口述史加进一个新品种——传承人口述史。在做全国的民间文化遗产抢救时我们给自己安排了一个工作，就是为每一项重要的民间文化遗产编制档案。文化遗产——特别是民间文化遗产（非遗）向来没有文字性的文献，更没有档案。这些遗产都是无形地保存在传承人的身上和记忆中的。因此说，这种遗产是不确定的、看不见摸不着的、脆弱的，在代代相传的口传心授过程中，一旦中断，立即消失。我们发现，只有用口述的方式记录下来，才能将这种无形的遗产确凿地保留下来，并成为传承的依据。可以说这种针对传承人的口述史是非遗保护必不可少的手段。于是这些年，我们做了大量的传承人口述史。并由此渐渐产生了一种"觉悟"，明确地提出了"传承人口述史"的概念，还成立了专门的研究所。可是我们每次举行传承人口述史论坛进行研讨时，邀请来的专家学者们总是各说各的，莫衷一是。做历史学口述史的，只谈历史学口述史；做人类学口述史的，只谈人类学口述史。大家谈的好像是一个问题，其实不是一个问题。应该说，口述史写作是一致的，但理论上并不是一个体系。我们口述史写作的现象很丰富，但理论建设跟不上去，分类和概念都很模糊，研究很难推进。

所以我们今年的研究方向变了，我们先要把自己的理论概念——传承人口述史弄清，用理论把自己梳理清楚。首先要弄清什么是传承人，谁是传承人。就是先对传承人这个概念进行释义。只有把口述对象认识清楚，接下去才能真正深入地探索传承人口述史的价值、目的、独自的性质、口述内容和方法。

说到非虚构也是如此，这个概念也混乱也模糊。但我是作家，没有能力把这么一个崭新、庞杂、五光十色的概念弄清。现在我的脑袋里只想弄明白，非虚构写作是不是非虚构文学？当年哥伦比亚大学一位瑞士籍的博士做我的《一百个人的十年》研究时，与我长谈了两小时，这使我明白了——他并没有把《一百个人的十年》当作文学。在西方人的书店明显地放着两部分书，一边是虚构，一边是非虚构。与我们不同，我们不那么清楚。因此现在我很想弄清这两者的关系。而且，一个作家不会按照理论去写作，只会为表达生活和感知而去寻找写作方法，剩下的事全听由理论家去解析与评说。

我就从《一百个人的十年》说起。

首先，它是非虚构文学。因为它和我的小说全然不同，小说是虚构的，但它不是虚构的。人物、事件、内容、细节、那里边每一句话都是口述对象说的，都是真实的。

我为什么要采用非虚构这种方式写作？

这与时代有关。开始，我没想到用非虚构，我想用小说写那个时代（"文化大革命"十年）。那一代作家都要把自己经历过的那个刻骨铭心的时代及其反思留在纸上。但那个时代过于庞大，它深刻地影响甚至决定着每一个人的命运。那个时代充满了黑色的传奇。每个命运都是一个问号。你很难驾驭那样的生活。无法用一部小说——哪怕是史诗性的小说来呈现那个时代。像《战争与和平》或《人间喜剧》。我有过类似《人间喜剧》的设想，后来放弃了。

但我没有放弃"文化大革命"，我没有权利放弃它。一部非虚构作品帮助了我，就是1984年特克尔《美国梦寻》。它告诉我可以不用小说，而直接用现实材料去写那个时代。用生活写生活。我获得一次全新的写作经验（通过在报纸上发表"广告"，借助媒体传播信息，与"文化大革命"受难者通信和约见，随后进行口述访谈）。我感受到一种不一样的力量。非虚构写作的力量。我不用去想如何使我的文学想象具有说服力，而非虚构写作恰恰相反——生活的本身就是说服力。

虚构和非虚构是完全不同的两种文学思维。小说是虚构的。你的写作背景是现实的，你的素材来自生活，但你的写作思维却是虚构。所谓虚构，就是用想象去表现或创造生活中没有的。我说过"科学是发现，艺术是创造，科学是发现世界中原本有的，艺术是创造生活中原本没有的"。牛顿发现万有引律，居里夫人发现钋和镭，都是大千世界中原本有的；但文学和艺术的形象是世界原本没有的。贾宝玉、安娜·卡列尼娜、冉·阿让是没有的，贝多芬的《欢乐颂》和施特劳斯的《蓝色的多瑙河》的旋律也是没有的。所以，发现万有引律是伟大的，文学和音乐也是伟大的。

小说创作的思维是自由的，它完全不受制约，因为它是虚构的。非虚构就不同了。它受制于生活的事实，它不能天马行空般地自由想象，不能对生活改变与随意添加，必须遵守"诚实写作"的原则。是不是非虚构的价值低于虚构的价值？当然不是！由于它来自真实的生活，是原原本本生活的事实，所以它是生活、历史和命运毋庸置疑的见证。作家愈恪守它的真实，它就愈有说服力。这是虚构文学无法达到的。

但是，它究竟能否达到优秀的虚构文学的高度？我认为这正是需要凭借文学——文学的力量。我认为在非虚构的写作中，文学的价值首先是思想价值。这个思想价值，当然要来自你对自己选择的题材本身思想内涵认识的深度。比如阿列克谢耶维奇的《切尔诺贝利的回忆：核灾难口述史》。

你对生活认识的深度决定你对事件与人物开掘的深度。我对《一百个人的十年》这一题材（时代和事件）的认识已写在"总序"中了，这里就不多说了。我要表达的意思是，虚构依靠想象力和创造力，非虚构首先来自对生活的认知、发现与忠实。

文学的思想是靠文学体现。现在我们来研究非虚构的文学性。人是文学的生命与灵魂，如果我们抓不住一些这个时代特有的、个性的、典型的、命运独具的、活灵灵的人物，非虚构写作就谈不到价值与意义。

小说的人物是作家创造的，生活的人物是现实创造的。然而现实对人的"创造"往往比作家的想象更加匪夷所思，就看我们是否能够遇到、寻找到、认识到。我在《一百个人的十年》写作中有许多这样的体验。如果我们找到这样的人物，我们便拥有了这种写作最强劲的资源，以及写作的动力与激情。

正为此，在《一百个人的十年》中我想采用一群命运与个性不同、但具有同样时代印记的人物，呈现那个历史。同时通过这些人物挖掘时代后边的东西，比如政治的，历史的，国民性的，人性的等种种问题，交给人们思考。

我把细节作为文学的重要的元素。细节是文学作品"最深刻的支点"。它还能点石成金。小说中的细节可以成就一个形象，一个人物，甚至一部小说。成为最深刻的部分。我的小说常常在找到这样一个细节时才开始写作。比如《高女人和她的矮丈夫》结尾中那张伞。

在非虚构文学也是如此。比如《炼狱·天堂》韩美林用自己挨斗时鞋尖流出的血画鸡的细节。这个细节使我决心为他写一部文学口述史。他的经历超出我们的想象。这个细节表达了我对一个真正的艺术家的理解——真正的艺术家应该始终活在他理想的美里，他是"疯子、傻子与上帝"。这也是我写《感谢生活》的主题。真正的艺术家是匪夷所思的。即使他生活在地狱中，灵魂也在天堂里。可是一部作品只有这一个细节是不够的。这里说的，是必须有一种"金子一般的细节"。如果从生活中不能发现一些这样的金子般的细节。我还是无法写作。小说也是如此。一个人物能站起来，要靠足够非常绝妙的细节。但小说的虚构是想出来的，从现实中借用而来的。非虚构必须是生活本来有的，要靠我们自己去挖掘。

再说另一个非虚构文学的文学要素，就是语言。文学是用语言和文字表达的，语言与文字是否精当与生动不仅关乎表现力，还直接体现一种审美。中国文学史诗歌成熟在前，散文在后，诗对文字的讲究影响到散文。在我国的文学史中，散文达到的水准太高。散文的叙述影响我们的行文。非虚构作品无法发挥更多的审美想象，它的文学性往往更依靠语言（叙述语言）的能力与品质。

我认为在非虚构文学中，文字和文本应根据内容进行不同的审美设定。比如在《一百个人的十年》中我采用口述对象的"第一人称"。我只是在每一篇口述的末尾加一句我的话，并使用黑体字标明，用来彰显作品中最深切的思想。但是在《炼狱·天堂》中，我选择我与韩美林对话的方式。其原因，一、对话更有现场感；二、韩美林说话极有个性，他的语言能够直接体现他的个性；三、我是写小说的，用人物的对话来塑造人物是我的强项。新闻访谈往往把对话作为一种问答，文学则用这种问答表现对方的心理，推动内容的进展，塑造人物。

有人问我，可否把《一百个人的十年》改写成小说，当然可以，但那是另当别论了。

由此，我还想说自己对非虚构文学访谈的一种体会：访谈是非虚构写作中一种十分重要的工作的方式。它与一般新闻访谈不同。一般新闻访谈是功利性的，是获取新闻素材的一种手段。文学则是作家与访谈人的心灵交流。不进入这种交流，不可能达到文学所要求的深度。

最后我想说，我上面谈的只是讲了个人在非虚构文学写作中的一些思考。而且主要是文学口述史。现在回到开始所说的话题上——现在，我国的非虚构写作还是一个庞大、庞杂、没有理清的概念。我只想表述，非虚构文学不等同于非虚构写作。非虚构文学似乎只是非虚构写作的一部分。我今天只强调了非虚构文学的文学性。

对于整个非虚构写作，我的想法是：一方面它应是开放的，先不要关门，也不设置许多准入条款；但一方面要同理论梳理，分类，为其概念定义。应该说，非虚构写作的理论是一个未开垦的处女地，我们大有可为。

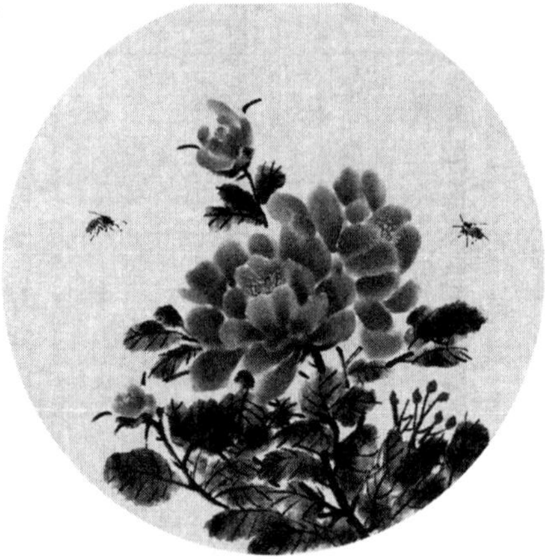

没有生活

（文／史铁生）

很久很久以前并且忘记了是在哪儿，在我开始梦想写小说的时候我就听见有人说过："作家应该经常到生活中去。文学创作，最重要的是得有生活。没有生活是写不出好作品的。"那时我年少幼稚不大听得懂这句话，心想可有人不是在生活中吗？"没有生活"是不是说没有出生或者已经谢世？那样的话当然是没法儿写作，可这还用说么？然而很多年过去了，这句近乎金科玉律的话我还是不大听得懂，到底什么叫"没有生活"？"没有生活"到底是指什么？

也许是，有些生活叫生活或叫"有生活"，有些生活不叫生活或者叫"没有生活"？如果是这样，如果生活已经划分成两类，那么当不当得成作家和写不写得出好作品，不是就跟出身一样全凭运气了么？要是你的生活恰恰属于"没有生活"的一类，那你就死了写作这条心吧。不是么？总归得有人生活在"没有生活"之中呀？否则怎样证实那条金科玉律的前提呢？

为了挽救那条金科玉律不至与宿命论等同，必得为生活在"没有生活"中而又想从事写作的人找个出路。(生活在"没有生活"中的人想写作，这已经滑稽，本身已构成对那金科玉律的不恭。先顾不得了。)唯一的办法是指引他们到"有生活"的生活中去。然后只要到了那地方，当作家就比较地容易了，就像运输总归比勘探容易一样，到了那儿把煤把矿砂或者把好作品一筐一车地运回来就行了。但关键是，"有生活"的生活在哪儿？就是说在作家和作品产生之前，必要先判断出"有生活"所在之方位。正如在采掘队或运输队进军之前，必要有勘探队的指引。

真正的麻烦来了：由谁来判断它的方位？由作家吗？显然不合逻辑——在"有生活"所在之方位尚未确认之前，哪儿来的作家？那么，由非作家？却又缺乏说服力——在作家和作品出现之前，根据什么来判断"有生活"所在之方位呢？而且这时候胡说白道极易盛行，公说在东，婆说在西，小叔子说在南，大姑子说在北，可叫儿媳妇听谁的？要是没有一条经过验证的根据，那岂不是说任何人都可以到任何地方去寻找所谓"有生活"么？岂不就等于说，任何生活都可能是"有生活"也都可能是"没有生活"么？但这是那条金科玉律万难忍受的屈辱。光景看来挺绝望。

万般无奈也许好吧就先退一步：就让第一批作家和作品在未经划分"有生活"和"没有生活"的生活中自行产生吧，暂时忍受一下生活等于生活的屈辱，待第一批作家和作品出现之后就好办了，就有理由划分"有生活"和"没有生活"的区域。可这岂止是危险这是覆巢之祸啊！这一步退让必使以后的作家找到不甘就范的理由，跟着非导致那条金科玉律的全线崩溃而不可——此中逻辑毫不艰涩。

也许是我理解错了，那条金科玉律不过是想说：麻木地终日无所用心地活着，虽然活过了但不能说其生活过了，虽然有生命但是不能说是"有生活"。倘若这样我以为就不如把话说得更明确一点：无所用心地生活即所谓"没有生活"。真若是这个意思我就终于听懂。真若是这样我们就不必为了写作而挑剔生活了，各种各样的生活都可能是"有生活"也都可能是"没有生活"。所有的人就都平等了，当作家就不是一种侥幸，不是一份特权，自己去勘探也不必麻烦别人了。

我希望，"有生活"也并不是专指猎奇。

任何生活中都包含着深意和深情。任何生活中都埋藏着好作品。任何时间和地点,都可能出现好作家。但愿我这理解是对的,否则我就仍然不能听懂那条金科玉律,不能听懂这为什么不是一句废话。

从文学欣赏到创作的三个阶段

(文 / 龙榆生)

近代词家况周颐也曾以他数十年积累的经验告诉我们，使我们对这一方面有了下手功夫。他说：

> 读词之法，取前人名句意境绝佳者，将此意境缔构于吾相望中，然后澄思渺虑，以吾身入乎其中而涵泳玩索之，吾性灵与相浃而俱化，乃真实为吾所有而外物不能夺。
>
> ——《蕙风词话》卷一

像他这样的读法，确实有利于欣赏，同时也有利于创作。因为这样才能够把读者和作者的思想感情融成一片，通过语言文字的艺术手法，使作者当时所感受到的真实情景，一一重现于读者的心目中，使读者受到强烈的感染，更从而彻底了解各式各样的表现艺术，作为自己随物赋形、缘情发藻的有力手段。这在严羽叫作"妙悟"，而"妙悟"却由

"熟读"中来。严羽教人学诗,又有所谓"三节"的说法:

> 其初不识好恶,连篇累牍,肆笔而成;既识羞愧,始生畏缩,成之极难;及其透彻,则七纵八横,信手拈来,头头是道矣。
>
> ——《沧浪诗话·诗法》

我们每一个有成就的卓越诗人或艺术家,都得经过这三个阶段。其实这也就是思想性和艺术性的结合问题,继承和创作的关系问题,在我们上一辈的文学理论家却只把它叫作"能入"和"能出"。南宋诗人杨万里就曾把他写诗的亲身体验告诉我们。他在《荆溪集·自序》中说:

> 予之诗,始学江西诸君子,既又学后山五字律,既又学半山老人七字绝句,晚乃学绝句于唐人,学之愈力,作之愈寡。

这是说明他由第一阶段跨入第二阶段,经过不少艰苦的历程。对前人的表现艺术有了深切的理解,从而感到这里面的甘苦，要把自己的思想感情表达得恰如其分，不是那么容易。接着他又说：

> 其夏，之官荆溪，既抵官下，阅讼牒，理邦赋，惟朱墨之为亲。诗意时往日来于予怀，欲作未暇也。戊戌三朝时节，赐告，少公事，是日即作诗，忽若有悟，于是辞谢唐人及王、陈、江西诸君子，皆不敢学，而后欣如也。试令儿辈操笔，予口占数首，则浏浏焉，无复前日之轧轧矣。自此，每过午，吏散庭空，即携一便面，步后园，登古城，采撷杞菊，攀翻花竹，万象毕来，献予诗材，盖麾之不去，前者未雠，而后者已迫，涣然未觉作诗之难也，盖诗人之病，去体将有日矣。方是时，不惟未觉作诗之难，亦未觉作州之难也。

这说明他的最后阶段，也就是严羽所说的"透彻"阶段。这在诗家叫作"妙悟"，词家叫作"浑化"，也就是陆游所说的"文章本天成，妙手偶得之"。再明白地说，也只是深入了解过前人积累的经验，融会贯通了各种语言艺术，

"物来斯应",从而解决了思想性与艺术性的结合问题;只是把作者所要说的话,如实地巧妙地表达得恰如其分而已。

王国维推演其说,把来谈词,也有所谓三种境界的说法。他说:

> 古今之成大事业、大学问者,必经过三种之境界。"昨夜西风凋碧树,独上高楼,望尽天涯路。"(晏殊《蝶恋花》)此第一境也。"衣带渐宽终不悔,为伊消得人憔悴。"(柳永《凤栖梧》)此第二境也。"众里寻他千百度,蓦然回首,那人却在、灯火阑珊处。"(辛弃疾《青玉案·元夕》)此第三境也。
> ——《人间词话》卷上

这第一境是说明未入之前,无从捕捉,颇使人有"上穷碧落下黄泉,两处茫茫皆不见"之感。第二境是说明既入之后,从艰苦探索中得到乐趣来。第三境是说明入而能出,豁然开朗,恰似"踏破铁鞋无觅处,得来全不费工夫"。我们对于前人名作的欣赏,以及个人创作的构思,也都必须经过这三种境界,才能做到"真实为吾所有而外物不能夺"。

关于能入和能出的问题，周济在他所写的《宋四家词选·序论》中也曾谈到。他说：

> 夫词，非寄托不入，专寄托不出。一物一事，引而申之，触类多通，驱心若游丝之缳飞英，含毫如郢斤斧之斫蝇翼，以无厚入有间，既习已，意感偶生，假类毕达，阅载千百，馨欬勿违，斯入矣。赋情独深，逐境必寤，酝酿日久，冥发妄中。虽铺叙平淡，摹缋浅近，而万感横集，五中无主。读其篇者，临渊窥鱼，意为鲂鲤；中宵惊电，罔识东西；赤子随母笑啼，乡人缘剧喜怒，抑可谓能出矣。

这能入和能出的两种境界，也是结合欣赏和创作来谈的。什么叫作"寄托"呢？也就是所谓"意内而言外""言在此而意在彼"。怎样去体会前人作品哪些是有"寄托"的呢？这就又得把作者当时所处的时代环境和个人的特殊性格，与作品内容和表现方式紧密联系起来，予以反复钻研，而后所谓"弦外之音"，才能够使读者沁入心脾，动摇情志，到达"赤子随母笑啼，乡人缘剧喜怒"那般深厚强烈的感染力。例如，李煜的后期作品，由于他所过的是"此间日夕惟以泪洗面"的囚虏生活，一种复仇雪耻的反抗情绪磅礴郁勃于胸臆间，而又处于不但不敢言而且不敢怒的环境压迫下，却无心流露出"林花谢了春红，太匆匆，无奈朝来寒雨晚来风"（《相见欢》）这一类的无穷哀怨之音，那骨子里难道单是表达着林花受了风雨摧残而匆匆凋谢的身外闲愁而已吗？又如爱国词人辛弃疾的作品中，几乎全部贯穿着"忧国""忧谗"的两种思想感情，有如《摸鱼儿》的"斜阳烟柳"，《祝英台近》的"层楼风雨"，《汉宫春》的"薰梅染柳"，《瑞鹤仙》的"开遍南枝"等等，都得将他的整个身世和作品本身紧密联系起来看，把全副精神投入其中，乃能默契于心，会句意于两得。所谓"知人论世"，也是欣赏前人作品的主要条件。